Bessler / Opgenoorth

Anekdoten aus der Musikwelt

Amüsantes und Witziges
von großen Meistern
der klassischen Musik

In dieser Reihe von
Norbert Opgenoorth und Jeromy Bessler
erhältlich:

Anekdoten aus der Musikwelt

Was ist eigentlich klassische Musik?

Meister der klassischen Musik

Norbert Opgenoorth, Jeromy Bessler
Anekdoten aus der Musikwelt

Satz und Layout: B & O

überarbeitete Ausgabe 2014
ISBN: 978-1482725957

Vorwort

Das Lexikon definiert Anekdote folgendermaßen:

Anekdote (griech. nicht herausgegeben), ursprünglich eine mündlich überlieferte Einzelheit zur Kennzeichnung einer Person. Die moderne Anekdote als literarische Gattung ... ist mit Fabel, Schwank und Kurzgeschichte verwandt und hält eine merkwürdige Begebenheit oder einen charakteristischen Ausspruch fest, wesentlich sind knappe Form und meist scharfe, oft witzige Pointierung.

Wer schmunzelt nicht gerne über unterhaltsame, merkwürdige oder groteske Geschichten aus dem Leben großer Musiker und Komponisten?

Kleine Anekdoten zeigen mit humorvollem Augenzwinkern, dass auch große Geister Menschen wie alle anderen sind und mit denselben Missgeschicken und Umständen zu kämpfen haben wie wir alle.

Dass viele dieser Geschichten wohl frei erfunden oder zumindest mit „dichterischer Freiheit" erzählt werden, fällt dabei kaum ins Gewicht, treffen sie doch häufig den Charakter eines Menschen so genau, dass man schmunzelnd feststellt: „Auch wenn es nicht so war, könnte es doch so gewesen sein ..."

Wir haben in diesem Buch eine Auswahl der schönsten Anekdoten über die großen Meister und Interpreten der klassischen Musik zusammengetragen; eine Auswahl, die hoffentlich zum Schmunzeln oder Lachen anregt. Uns jedenfalls hat es Freude gemacht, die so sehr bewunderten und verehrten Komponisten und Musiker auch in ihren liebenswerten Schwächen kennen zu lernen.

Viel Spaß beim Lesen!

Inhalt

Kapitel 1

Wein, Weib und Gesang

Ludwig van Beethoven konnte sich so sehr auf sein musikalisches Schaffen konzentrieren, dass die Welt um ihn herum völlig versank. So betrat er einmal ein Wiener Gasthaus, in dem er häufiger einkehrte, setzte sich, klopfte auf den Tisch und rief den Kellner herbei. Noch bevor der Kellner erschien, zog er Notenpapier aus der Tasche und begann zu schreiben. Der Kellner sah seinen Stammgast in die Arbeit vertieft und entfernte sich leise wieder. Lange Zeit später blickte Beethoven von seiner Arbeit auf und rief: „Herr Ober, bitte zahlen!“

Als Eugen d'Albert mit seiner vierten Frau auf Hochzeitsreise nach Italien war, logierten die Frischvermählten einige Tage in Wien. Der bekannte Pianist wollte dort seine Frau einigen Freunden vorstellen. Johannes Brahms, der nicht in der Stimmung für einen geselligen Abend war, soll zu Freunden gesagt haben: „Die vierte überspringe ich.“

Auch Ludwig van Beethoven wusste einen guten Tropfen durchaus zu schätzen. So schreibt er in einem Brief: „Ich muss gestehen, dass auch mir der Champagner gestern gar zu sehr zu Kopf gestiegen, und ich abermals die Erfahrung machen musste, dass dergleichen meine Wirkungskräfte eher unterdrücken als befördern, denn so leicht ich sonst doch auf der Stelle zu antworten im Stande bin, so weiß ich doch gar nicht mehr, was ich gestern geschrieben habe.“

Johannes Brahms auf die Frage, warum er nie geheiratet habe: „Es hat mich keine gewollt. Und hätte mich eine gewollt, würde ich sie wegen ihres schlechten Geschmacks nicht nehmen.“

G. F. Händel war ein großer, kräftiger Mann mit einem ungeheuren Appetit. Häufig soll er sogar mehrere Hauptmahlzeiten gleichzeitig bestellt haben. Von ihm wird erzählt, er habe eines Abends in einem Londoner Restaurant eine äußerst üppige Mahlzeit für vier Personen bestellt. Der Kellner deckte den Tisch für vier Personen und wartete auf das Eintreffen der übrigen Gäste. Nach einer Weile wurde der hungrige Händel unruhig und fragte: „Wo bleibt denn das Essen? Worauf warten Sie?“ „Auf die anderen Gäste, mein Herr!“ „Es gibt keine anderen Gäste, ich esse für vier!“

Anton Bruckner war ein zurückhaltender Mensch und vor allem Frauen gegenüber oft schüchtern. Einmal saß er schweigsam neben einer Verehrerin. Endlich sprach die Dame ihn an: „Ihretwegen habe ich mich besonders schön angezogen, Herr Bruckner, und jetzt sagen Sie kein Wort!“ Darauf entgnete er überrascht und ohne die Absicht, einen Scherz zu machen: „Von mir aus hätten Sie sich gar nichts anziehen müssen!“

Max Reger war als großer Esser bekannt. Nachdem er einmal mit Freunden als Pianist das Forellenquintett aufgeführt hatte, schickte eine Verehrerin ihm fünf große Forellen. Reger antwortete mit einer Karte, die mit folgenden Worten schloss: „Darf ich gnädige Frau darauf aufmerksam machen, dass ich demnächst das Ochsenmenuett von Haydn spielen werde?“

G. F. Händel hatte die nette Angewohnheit, seine Orchestermusiker gelegentlich zum Essen einzuladen. Bei einer dieser Gelegenheiten soll er gesagt haben: „Ich habe eine Idee." Wohlvertraut mit dem seltsamen Wirken seines musikalischen Genies, baten die Anwesenden ihn, seinen Einfall sogleich aufzuschreiben. Er verließ den Raum und kam nach einiger Zeit wieder. Dies geschah einige Male. Ein neugieriger Gast konnte schließlich einen Blick in den Nebenraum erhaschen. Erstaunt sah er Händel aus einer Flasche edelstem Burgunderwein trinken, während die Gäste mit einem billigeren Portwein bewirtet wurden.

Gioacchino Rossini war ein Freund guter Lebensart. Wegen gesundheitlicher Probleme suchte er einen Arzt auf. „Ihre Beschwerden", sagte der Arzt „haben drei Ursachen: Wein, Weib und Gesang." „Ohne Gesang könnte ich auskommen", bot der Komponist sofort an. „Notenlesen genügt mir." „Und welche von den beiden anderen würden Sie aufgeben können?", fragte der Arzt. „Ja das, Herr Doktor", erklärte Rossini, „kommt ganz auf den Jahrgang an."

Richard Strauss besuchte mit seiner Frau ein Konzert mit seinen Werken, die von den Wiener Philharmonikern unter der Leitung von Wilhelm Furtwängler gespielt wurden. Unter anderem wurde Don Juan aufgeführt. Als das Ehepaar Strauss während der Pause Furtwängler zu der gelungenen Aufführung gratulierte, sagte Frau Strauss zu ihrem Mann: „Den Don Juan habe ich aber von dir noch nie so schön gehört!" Darauf erwiderte Strauss: „Mag sein, aber dafür hab' ich's komponiert!"

Richard Strauss empfing einige Freunde in seiner Villa in Garmisch. Nach angeregter Unterhaltung wollten die Gäste sich schließlich verabschieden. „Bleibt doch noch zum Kaffee, sonst muss ich heute nachmittag noch komponieren", bemerkte Strauss mit einem Seitenblick auf seine Frau.

Max Reger trank gerne ein Gläschen über den Durst, eine Vorliebe, welche ihm von missgünstigen Neidern gerne zum Vorwurf gemacht wurde. Scheinheilig wurde ihm einmal zum Erfolg einer neuen Komposition mit folgenden Worten gratulierte: „Der Wein scheint Sie wieder einmal göttlich inspiriert zu haben!" Regers Anwort lautete souverän: „Dann saufen Sie doch einfach auch!"

Ein großer Weinkenner und Brahms-Verehrer hatte den Meister eingeladen und zu seinen Ehren ein paar besondere Flaschen aus dem Keller holen lassen. „Hier ist der Brahms meines Weinkellers", bemerkte er, als ein besonders edler Jahrgang ausgeschenkt wurde. Brahms untersuchte den Wein kritisch, schnupperte das Bouquet, nahm einen Schluck und setzte das Glas ohne Kommentar wieder ab. „Wie hat Ihnen der Wein gefallen?", fragte der Gastgeber vorsichtig. „Holen Sie besser Ihren Beethoven", murmelte Brahms.

Bei einem privaten Treffen, zu dem Johannes Brahms als Ehrengast eingeladen war, kündigte der Gastgeber einen Toast auf den „größten Komponisten" an. Brahms, der ahnte, was folgen sollte, unterbrach hastig mit den Worten: „Auf Mozart!" und stieß mit den Anwesenden an.

Johannes Brahms versuchte nach einem Privatkonzert einige gar zu anhängliche Verehrerinnen loszuwerden, indem er sich eine seiner berühmten dicken Zigarren anzündete und sich in undurchdringliche Rauchschwaden hüllte. Eine der Damen sagte daraufhin vorwurfsvoll: „Aber, Herr Brahms, man raucht doch nicht in Gegenwart von Damen!" Schmunzelnd meinte Brahms: „Wo Engel sind, müssen auch Wolken sein!"

Eugen d'Albert, Pianist und Komponist – unter anderem der Oper Tiefland – liebte die Frauen. Es klopfte an seiner Hoteltür; draußen stand ein Page: „Eine Dame wünscht Sie unbedingt zu sprechen!" Der Künstler fragte: „Ist sie jung? Ist sie hübsch?." Der Page nickte: „Sehr jung! Sehr hübsch!" „Schade", seufzte d'Albert „dann sagen Sie ihr bitte, im Moment wäre ich gerade verheiratet, aber wenn sie ein andermal wieder einmal vorbeikommen könnte ..."

Auf den Vorwurf eines leichtfertigen Lebenswandels und den unfairen Vergleich mit seinem Bruder Carl Philipp Emanuel antwortete Johann Christian Bach: „Das mag sein, aber mein Bruder lebt, um zu komponieren, und ich komponiere, um zu leben."

Bei einem Besuch zeigte ein Freund Anton Bruckners sich entsetzt über den wüsten Zustand seines Junggesellenhaushalts. Er empfahl Bruckner eine Heirat. Bruckners Antwort lautete: „Um Gotteswillen, mein Lieber, für so etwas habe ich keine Zeit, ich muss meine Vierte komponieren!"

Gioacchino Rossini über die drei Gelegenheiten seines Lebens, bei denen er bitterlich geweint habe: „Das erste Mal, als Der Barbier von Sevilla bei der Uraufführung ausgepfiffen wurde; das zweite Mal, als ich Paganini spielen hörte; und das dritte Mal, als ein Diener bei einer Bootsfahrt auf dem Comer See einen zubereiteten Truthahn vor meinen Augen ins Wasser fallen ließ."

Die Fürstin Pauline Plater, die in Paris lebte, soll zu Chopin gesagt haben: „Wenn ich jung und hübsch wäre, mein kleiner Chopin, nähme ich dich zum Ehemann, Hiller zum Freund und Liszt zum Liebhaber."

Die Verlobte eines hochrangigen russischen Offiziers war eine Verehrerin von Johann Strauß, dem sie fleißig Blumen schickte. Ihr eifersüchtiger Verlobter forderte daraufhin den Komponisten kurzerhand zum Duell. Strauß lud den Offizier in sein Hotel ein und führte ihn durch eine Zimmerflucht, die komplett mit Blumengeschenken seiner Verehrerinnen angefüllt war. Während der Offizier mit seinem Erstaunen kämpfte, meinte Strauß: „Ich weiß leider nicht, welches der Blumengebinde von Ihrer Braut stammen könnte; vielleicht können Sie es ja selbst heraussuchen?"

D'Albert sagte zu dem Cellisten Gregor Piatigorsky: „Meine Musik lebt zwar noch, aber sie wird jung sterben." „Keine Sorge", sagte ein Kollege „ich glaube, er lässt sich gerade wieder scheiden oder ist im Begriff, wieder zu heiraten. Dann benimmt er sich immer so."

Zu den vielen Kindern, deren leiblicher Vater angeblich Franz Liszt sein sollte, gehörte auch der Pianist Franz Servais. Liszts Antwort war typisch für ihn: „Ich kenne seine Mutter nur durch Correspondenz, und so was kann man nicht durch Correspondenz abmachen."

Eugen d'Albert war auf Hochzeitsreise mit seiner vierten Frau in Italien und beklagte sich über das seiner Meinung nach schlechte Essen: „Eines weiß ich ganz sicher, auf meiner nächsten Hochzeitsreise fahre ich nicht wieder nach Italien!"

Hans Pfitzner bekam zu seiner zweiten Hochzeit das damals übliche Buchgeschenk des Standesamtes, ein Exemplar von Adolf Hitlers Mein Kampf. Ironisch bemerkte er: „Ein wahrhaft passender Titel für die Ehe!"

Richard Strauss war zur Enthüllung der Richard-Strauss-Büste in Wien persönlich zugegen. Eine junge Dame begrüßte ihn mit den Worten: „Ich bin fünfhundert Kilometer gefahren, um der Enthüllung Ihrer Büste beizuwohnen, verehrter Meister." „Das ehrt mich ganz besonders, gnädiges Fräulein", erwiderte Strauss. „Ich jedoch würde sogar fünftausend Kilometer fahren, um der Enthüllung Ihrer Büste beizuwohnen."

Eine Verehrerin fragte Hans von Bülow: „Sie kennen Richard Wagner, Herr von Bülow?" Bülow verbeugte sich und sagte süffisant: „Aber sicher, meine Liebe, er ist der Mann meiner Frau."

Brahms war ein leidenschaftlicher Wanderer und großer Naturliebhaber. Im Frühjahr und im Sommer stand er für gewöhnlich morgens um vier oder fünf Uhr auf, um nach einer selbstgemachten Tasse Kaffee in den Wald zu gehen, den jungen Morgen zu genießen und die Vögel singen zu hören. Selbst bei schlechtem Wetter fand er immer etwas zu bewundern und genießen. „Ich fühle mich niemals gelangweilt", sagte er eines Tages als Antwort auf eine Bemerkung über den langanhaltenden Regen, „die Aussicht ist so schön. Sogar bei Regen sehe ich eine Art Schönheit."

Der Maler John Hoppner sollte Joseph Haydn während seines ersten Englandaufenthaltes porträtieren. Der alternde Komponist pflegte bei den Sitzungen mit schöner Regelmäßigkeit einzuschlafen. Um einen wachen Künstler porträtieren zu können, griff Hoppner zu einer ungewöhnlichen List: Er ließ den Prinzen von Wales ein junges deutsches Mädchen in sein Atelier schicken, das dort angeblich irgenwelche Besorgungen zu erledigen hatte. Im Nu vergaß der Charmeur Haydn alle Müdigkeit, plauderte angeregt in der gemeinsamen Muttersprache mit dem hübschen jungen Mädchen und Hoppner porträtierte einen Künstler voller Lebens- und Schöpferkraft.

Der junge Carl Maria von Weber komponierte für das Jubiläum einer kleinen deutschen Stadt eine Festkantate. Nach der Aufführung der Kantate sollte ein am Spieß gebratener Ochse verzehrt werden. Weber erfuhr, dass er zu diesem Festessen nicht eingeladen werden sollte und verteilte die Schlusszeilen der Kantate: „Und wenn wir alles gut vollbracht / und für das Wohl der Stadt gewacht / dann essen wir Ochsenbraten“, in folgender Weise über die einzelnen Stimmen: „Dann essen wir Ochsen- / wir Ochsen- / wir Ochsen-, / wir Ochsenbraten!“

Eugen d'Alberts dritte Ehe mit der Sängerin Hermine Finck stand unter keinem guten Stern. In einem Konzert unter der Leitung ihres Gatten sang sie die Leonoren-Arie aus Beethovens Fidelio. Bei der Textstelle „Abscheulicher, wo eilst du hin?“ soll Johannes Brahms zu seinem Nachbarn Hans von Bülow „Zur vierten!“ gesagt haben.

Eugen d'Albert war in vierter Ehe mit der Pianistin und Komponistin Teresa Carreno verheiratet. Verkompliziert wurde die Lage dadurch, dass die beiden sowohl Kinder aus früheren Ehen als auch gemeinsame Kinder hatten. Von Teresa Carreno ist der Ausspruch überliefert: „Eugen, komm schnell, deine Kinder und meine Kinder verprügeln unsere Kinder!"

Richard Strauss wurde von der Frau eines Berliner Verehrers zum Abendessen eingeladen: „Es handelt sich nur um einen kleinen Kreis musikliebender Freunde, und wir machen gar keine großen Umstände." Strauss erwiderte: „Wenn ich zu Ihnen komme, gnädige Frau, dann können Sie ruhig Umstände machen!"

Der Baron J. Rothschild schickte Rossini einige schöne Trauben aus seinem Gewächshaus. Rossini schrieb ihm zurück: „So wundervoll, wie Ihre Trauben sicherlich sein mögen, trinke ich meinen Wein nicht in Pillenform."

Johannes Brahms hatte eine Standardantwort für Verehrerinnen parat, die sich nach seinem Jungesellenstand erkundigten: „Leider Gottes, gnädige Frau, bin ich immer noch nicht verheiratet, Gott sei Dank!"

Georg Friedrich Händel verlor eines Tages seine Perücke im Straßengewirr von London. In Gedanken versunken, bemerkte er den Verlust erst, als ein junges Mädchen ihn darauf aufmerksam machte. Zufälligerweise handelte es sich um die Tochter eines Friseurs, dessen Laden ganz in der Nähe war und der dem Komponisten aus seiner Verlegenheit half. Da ihm das Mädchen sehr gefiel, suchte Händel fortan den Friseurladen häufiger auf und trug sich bereits mit Hochzeitsplänen. Zum Zeichen seiner großen Zuneigung schenkte er dem Mädchen die Partitur seines Oratoriums Der Messias. Eines Tages betrat er den Laden jedoch unbemerkt, als die Angebetete gerade einen Kunden frisierte. Dabei rief sie nach hinten zu ihrem Vater: „Bitte bring mir doch noch ein paar Seiten von den Noten zum Lockenwickeln!“ Wortlos verließ Händel den Laden und aus der Hochzeit wurde nichts …

Freunde rissen Albert Lortzing eines Nachts aus dem Schlaf, indem sie von der Straße aus nach ihm riefen. Lortzing eilte zum Fenster. „Komm mit, wir sollen jemand ein Ständchen bringen!“, riefen die Freunde „Lasst mich in Ruhe“, wehrte Lortzing ab, „heute würde ich auch für eine Milllion nicht mehr aus dem Haus gehen!“ „Aber es gibt zwei Gulden pro Mann“, antworteten ihm die Freunde. „Was, zwei Gulden?“, schrie Lortzing. „Ich komme sofort!“

Max Reger war nicht nur als Musiker, sondern auch als großer Esser bekannt. Angeblich pflegte er nach Beendigung eines Konzertes sogleich ins Restaurant zu gehen und Bestellungen wie die folgende aufzugeben: „Bitte anderthalb Stunden ungarisches Gulasch!“

Nach einer mehrstündigen Wanderung durch den Wiener Wald kamen Brahms und seine Freunde zu einer Gaststätte und baten um schwarzen Kaffee. Der Kaffee wurde mit Zichorie zubereitet – eine Sparmaßnahme, die damals unter Köchen üblich war, und die Brahms nicht mochte. Er rief die Küchenchefin an seinen Tisch und fragte sie: „Haben Sie vielleicht etwas Zichorie?" Als sie die Frage bejahte, bat er darum, den Zichorie einmal sehen zu dürfen. Die Frau ging in die Küche und kehrte mit zwei Paketen Zichorie zurück, die sie Brahms aushändigte. Brahms schaute auf die Pakete und fragte: „Ist das alles, was Sie haben?" Als die Frau dies bejahte, steckte er beide Pakete ein und sagte: „Na, dann können Sie uns ja jetzt einen schwarzen Kaffee machen."

Als Eugen d'Albert zum fünften Male heiratete, soll sein Kollege, der Komponist und Pianist Ferruccio Busoni folgenden Kommentar beigesteuert haben: „Dass er sich viermal scheiden ließ, kann ich gerade noch verstehen, aber dass er zum fünften Male heiratet, ist mir unverständlich."

Als Max Reger noch unbekannt war und für seine Auftritte oft miserabel bezahlt wurde, unterschrieb er zum Scherz gerne mit „Rex Mager".

Der gefürchtete Kritiker Eduard Hanslick: „Zum erstenmal im Leben muss ich über eine Sängerin referieren, die nicht nur Sängerin, sondern auch meine Frau ist. Sie zu tadeln wäre unaufrichtig und ungerecht, sie zu loben unschicklich. Es bleibt mir die Rolle der Cordelia: „Lieben und Schweigen".

Rossini verbrachte die letzten Jahrzehnte seines Lebens als Feinschmecker und begeisterter Koch. Einmal war er bei einer Pariser Gräfin zu einer musikalischen Soirée mit anschließendem Abendessen eingeladen. Zu Rossinis großer Enttäuschung bestand das Diner aus wenigen Gängen mit sehr kleinen Portionen. Als die Gastgeberin zum Abschied ihrer Hoffnung Ausdruck gab, dass der berühmte Komponist bald wieder bei ihr speisen möge, antwortete Rossini: „Wenn es Ihnen nichts ausmacht, dann sofort!"

Bei der sechsten Hochzeit von Eugen d'Albert meinte einer der Gäste etwas betrübt: „Wenn er weiterhin so oft heiratet, wird er wohl nie silberne Hochzeit feiern können." Ein schlagfertiger Gast antwortete: „Aber natürlich, allerdings mit seiner fünfundzwanzigsten Frau!"

Am 5. Oktober 1880 klopfte ein Schauspieler an Offenbachs Pariser Apartment in der Nähe der Oper. „Wie geht es ihm?" fragte er den Diener. „Herr Offenbach ist tot; er starb in Frieden, ohne etwas zu merken", war die Antwort. „Oh", seufzte der Schauspieler zerstreut, „er wird überrascht sein, wenn er's herausfindet."

Beethoven entließ einmal eine ansonsten exzellente Haushälterin, die, um ihm zu helfen, gelogen hatte. Auf die Frage einer Bekannten, ob er es nicht etwas übertreibe, gab er zur Antwort: „Jeder der lügt, hat ein unreines Herz und kann deshalb keine reine Suppe machen!"

Ludwig van Beethoven konnte sehr leidenschaftlich werden. Es wird berichtet, dass er einmal im Streit einen Kellner, der ihm das Falsche gebracht und ihn unhöflich behandelt hatte, mit dem vollbeladenen Teller bewarf. Dem Kellner, der alle Hände voll Geschirr hatte und sich deshalb nicht wehren konnte, lief das Essen über das Gesicht, während Beethoven und die anderen Gäste sich vor Lachen ausschütteten.

Joseph Haydn führte keine besonders glückliche Ehe. Seine Frau galt als streitbar, herrschsüchtig und hatte keine Beziehung zur Musik, die Haydn so viel bedeutete. Schließlich entschlossen beide sich einvernehmlich, getrennt zu leben. Ein Freund entdeckte eines Tages ein großes Bündel ungeöffneter Briefe auf Haydns Schreibtisch. Auf die Frage nach dem Inhalt dieser Briefe erklärte der Komponist: „Das sind alles Briefe meiner Frau. Ich habe diese Briefe nie gelesen. Aber das macht nichts, denn sie liest meine Briefe auch nicht."

Georg Friedrich Händel bekam bei einer Einladung eines englischen Lords eine Flasche Wein vom Allerbesten vorgesetzt. Sein Gastgeber, der sehr wohl wusste, dass Händel guten Wein liebte, fragte ihn: „Ist der Wein nicht so wunderbar wie ein Oratorium?" „Ja, ja", erwiderte Händel, „gar nicht übel." „Wenn Ihnen dieser aber nicht schmecken sollte, ich habe noch den ganzen Keller voll. Dort ist Burgunder, Tokayer, Porto und Rheinwein." „Schön, lassen Sie nur alles heraufkommen, denn was wäre ein Oratorium ohne Chor?"

Der erfolgreiche Tenor Leo Slezak startete nach seinem Bühnenabschied eine erfolgreiche zweite Karriere als Charakterkomiker beim Film. Das Publikum liebte seinen gutmütigen Humor und angeblich soll bei einer Filmpremiere ein Kinobesucher gesagt haben: „Köstlich, dieser Slezak! Und die Trottel vom Theater haben diesen komischen Dickwanst wer weiß wie lange Opern singen lassen!"

Auf einem Empfang des Wiener Burgtheaters, bei dem Eugen d'Albert seine fünfte Frau der Gesellschaft vorstellte, meinte der Direktor desselben: „Verehrter Meister, Sie haben uns selten eine so charmante Gattin vorgestellt!"

Im Hause Mozart war selten Geld zuviel. Als der Komponist einmal mit einem riesigen Lorbeerkranz nach Hause kam, meinte seine Frau Constanze: „Was nützt uns der Lorbeer, wenn wir keinen Karpfen dazu haben."

Dem weltberühmten italienischen Geigenvirtuosen Niccolo Paganini wurde von seinen Zeitgenossen extremer Geiz nachgesagt. Als man ihm sagte, dass eine sehr hübsche und begabte Sängerin in ihn verliebt sei und ihn heiraten wolle, soll er erwidert haben: „Heiraten? Damit sie mich umsonst geigen hören kann? Von wegen!"

Ein berühmter Tenor wurde mit zunehmendem Alter immer korpulenter. Da er als Ursache eine Drüsenerkrankung vermutete, suchte er einen Arzt auf und klagte diesem gegenüber unter anderem über Appetitlosigkeit. Nach der Untersuchung fragte ihn der Arzt: „Was haben Sie denn heute zu Mittag gegessen?" Der Tenor antwortete: „Nicht viel! Nur eine Ochsenschwanzsuppe, vier Leberknödel mit Sauerkraut, dann einen Tafelspitz mit Röstkartoffeln, eine Portion Kaffee, sechs Krapfen und drei Erdbeertörtchen mit Sahne." „Da brauchen Sie sich aber wirklich nicht zu wundern", lachte der Arzt, „wenn Sie jetzt keinen Appetit mehr haben." „Aber Herr Doktor", seufzte der Tenor, „ich hatte doch schon vorher gar keinen Appetit!"

Eines der Lieblingsessen Beethovens war die berühmte Brotsuppe, die er jeden Donnerstag aß und bei deren Zubereitung er immer selbst assistierte. Ein wichtiger Bestandteil dieser Suppe waren zehn Eier, die absolut frisch sein mussten. Wenn eines der Eier schlecht war, gab es in Beethovens Haus eine fürchterliche Szene: Er pflegte die unglückliche Köchin mit Eiern zu bewerfen und selbst ein schneller Rückzug in die Küche war nutzlos; denn in dem Moment, wenn sie seinen Raum betrat, begann das Bombardement aufs Neue und wurde erst beendet, wenn ihm die Eier ausgingen.

Max Reger verspeiste bei einer Kindstaufe im Freundeskreis große Mengen edelsten Kaviars. Die Hausfrau war von seinem Appetit begeistert und versprach leichtfertig: „Zur nächsten Taufe bekommen Sie ein ganzes Fässchen!" Nach einem Jahr soll Reger eine Postkarte geschrieben haben: „Na, ihr Faulpelze, wann krieg ich endlich mein Fässchen?"

Jacques Offenbach als Orpheus aus „Journal pour rire“

Nach der Scheidung von Eugen d'Alberts sechster Ehe, die in Musikerkreisen auch die „Pastorale" genannt wurde, sagte ein Spötter bei d'Alberts siebter Hochzeitsfeier: „Die neunte wird dann mit Schlusschor und Ode an die Freude!"

Gustav Mahler soll in Dingen des täglichen Lebens völlig hilflos und von seiner resoluten Frau abhängig gewesen sein. Als er einmal heftige Zahnschmerzen hatte, begleitete seine Frau ihn zum Zahnarzt und wartete im Wartezimmer. Plötzlich öffnete sich die Tür des Behandlungszimmers, Mahler eilte heraus und fragte: „Alma, welcher Zahn tut mir eigentlich weh?"

Hans Pfitzner besuchte in fortgeschrittenem Alter auf eine Einladung hin ein Wiener Weinlokal. Seine besorgte Gattin, die des Meisters Schwäche für einen guten Tropfen nur allzugut kannte, achtete besorgt darauf, dass er nicht zuviel trank. Nach einigen Schoppen soll Pfitzner schwärmerisch bemerkt haben: „Kein Wunder, dass Schubert so herrliche Einfälle hatte, bei diesem Wein!" Seine Gattin bemerkte: „Vergiss aber nicht, dass Schubert sehr jung gestorben ist!" „Das kann mir wohl nicht mehr passieren", entgegnete Pfitzner vergnügt.

Otto Klemperer soll eine Sängerin gefragt haben: „Sind Sie verheiratet?" „Ja", antwortete sie. Daraufhin erwiderte Klemperer: „Sängerinnen sollten überhaupt nicht heiraten."

Franz Liszt bewirtete einige Freunde. Nach dem opulenten Mahl beklagte sich ein Gast, dass ein Mann wie Liszt, der so viele bedeutende Werke geschrieben habe, populäre Fantasien über italienische Opern schriebe. „Mein Freund“, entgegnete Liszt, „würde ich nicht auch so populäre Stücke schreiben, dann hätte ich Ihnen dieses Festessen niemals vorsetzen können.“

Joseph Haydn liebte die berühmten Wiener Backhendl. Beim Verspeisen eines solchen soll er einmal gesagt haben: „Normalerweise steht ja Händel über Haydn. Heute aber ist es genau umgekehrt, da sitzt Haydn über dem Hendl!“

Italienische Oper
aus „Journal pour rire“ 1848

Einige glühende Verehrer Rossinis wollten ihm noch zu Lebzeiten ein Denkmal in Paris setzen und sammelten eifrig Geld dafür. Als Rossini davon erfuhr, wollte er wissen: „Wieviel wird dieses Denkmal denn kosten?" „Etwa 80000 Franc." „Um Gottes willen", sagte Rossini, „für die Hälfte stelle ich mich selbst auf den Sockel."

Rossini wettete mit einem Freund um einen Truthahn. Er gewann zwar die Wette, aber die Einladung des Freundes ließ auf sich warten. Auch als Rossini drängte, vertröstete sein Freund ihn immer wieder mit fadenscheinigen Ausreden, so etwa, die Trüffeln seien noch nicht voll ausgereift und hätten noch nicht das beste Aroma. Darauf antwortete Rossini: „Lieber Freund, das Gerücht von den Trüffeln hat der Truthahn erfunden, um sich zu retten! Glauben Sie ihm kein Wort und lassen Sie uns ihn endlich verspeisen!"

1759 wurde Joseph Haydn musikalischer Direktor bei Fürst Morzin in Wien. Er erzählte später gerne: Eines Tages, als ich Harpsichord spielte, beugte sich die hübsche Fürstin Morzin über mich, um in die Noten sehen zu können. Dabei löste sich ihr Halstuch und gestattete mir einen tiefen Blick in ihr Dekolleté. Natürlich gerieten meine Finger auf den Tasten völlig durcheinander und ich erzeugte seltsame Missklänge. „Was ist los, Haydn? Was machen Sie?" Sehr respektvoll erwiderte ich: „Aber Eure Hoheit, wer würde bei einem solchen Anblick nicht aus der Fassung geraten?"

Albert Lortzing wurde nachgesagt, ständig pleite zu sein. Eines Tages soll ein Gläubiger ihn aufgesucht haben und mit den Worten „Morgen muss ich selbst eine Schuld begleichen“ Geld von ihm gefordert haben. Lortzing erwiderte entrüstet: „Das ist ja wirklich allerhand! Sie machen Schulden, und ich soll sie bezahlen!“

Max Reger verrichtete in der Morgendämmerung an einer Hausmauer ein kleines Bedürfnis. Ein Polizist, der zufällig des Weges kam, forderte fünf Mark „Ordnungsstrafe“. Reger drückte dem Polizisten zehn Mark in die Hand mit den Worten: „Das ist für mich und für Sie. Jetzt dürfen Sie auch mal!“

Maria Barbara, die erste Frau Johann Sebastian Bachs, war jung gestorben. Bach versank in seiner Arbeit, komponierte zurückgezogen in seinem Zimmer und war für niemanden zu sprechen. Da klopfte es, und man forderte von ihm Geld für das Begräbnis. Daran gewöhnt, dass alle häuslichen Dinge von Maria Barbara erledigt wurden, antwortete Bach ganz in Gedanken: „Wenden Sie sich an meine Frau!“

Ein boshafter Kritiker nach einem Konzert von Teresa Carreno, der vierten Ehefrau des Pianisten Eugen d'Albert: „Die vierte Gattin des Komponisten d'Albert spielte den dritten Satz aus dessen Klaviersonate im zweiten Philharmonischen Konzert der Saison als erste Zugabe.“

Kapitel 2

Kritik und Kritiker

Johannes Brahms hatte sich an tadelnde Kritiken von Hugo Wolf allmählich gewöhnt. Groß war also seine Verwunderung, als er eines Tages in einer Musikzeitschrift einen Artikel las, in dem Wolf ihn lobte. Mit gespieltem Ärger warf Brahms die Zeitschrift beiseite und meinte: „Man kann sich doch auf niemand mehr verlassen. Jetzt fängt der auch noch an, mich zu loben!"

Eduard Hanslick über Franz Liszt: „Etwas Hohleres, Armseligeres als diese Faust-Sinfonie mit all ihrem zusammengebettelten Pomp und Flitter ist uns noch nicht vorgekommen. Die vollendete Impotenz unternimmt es hier, Goethes Faust nachzuschaffen. Die Orgel frömmelt ein weniges dazu. Halbtot gelangten wir ins Freie, kaum mehr wissend, was Musik ist. Da spielte zum Glück eine gut gestimmte Drehorgel die Schöne blaue Donau!"

Hugo Wolf, der sich von Zeit zu Zeit auch als Musikkritiker betätigte, äußerte sich öfter einmal abfällig über die Werke von Johannes Brahms. Einmal jedoch soll er bei der Aufführung eines Orchesterwerkes von Johannes Brahms immer nervöser geworden sein, so dass schließlich sein Nachbar aufmersam wurde und fragte, ob ihm etwas fehle. Wolf entgegnete: „Stellen Sie sich vor, mir gefällt es!"

Hans von Bülow über den italienischen Opernkomponisten Mascagni: „Mascagni hat einen glänzenden Vorfahren namens Verdi, der noch lange sein Nachfolger bleiben wird."

Ein junger Komponist schickte eines seiner Werke an Max Reger mit der Bitte um Beurteilung. Bald darauf besuchte er den Meister, um das Urteil zu erfahren. Dabei versicherte er: „Für den Fall, dass Ihnen meine Komposition nicht gefällt, ich habe noch weitere Eisen im Feuer." Spöttisch gab ihm Reger zur Antwort: „Dann nehmen Sie doch die Eisen heraus und werfen stattdessen diese Komposition hinein!"

Von Hans von Bülow soll der folgende Ausspruch stammen: „Ein Kritiker lässt vor einer Million Menschen drucken, was er nicht einem einzigen ins Gesicht sagen dürfte."

„Wissen Sie, wie Richard Wagners Musik klingt?" soll Rossini einen Freund gefragt haben. Ohne die Anwort abzuwarten, öffnete er das Klavier, setzte sich auf die Tasten und erklärte: „Das ist die Musik der Zukunft!"

Nach der Wiener Premiere der Oper Tristan und Isolde von Richard Wagner wurde der als Wagner-Hasser bekannte Eduard Hanslick von einem Wagner-Verehrer nach seinem Urteil gefragt: „Wie hat es denn dem gestrengen Kritiker gefallen?" „Teilweise gut, teilweise gar nicht", erwiderte Hanslick. „Und was hat Ihnen gar nicht gefallen?" erkundigte sich der Wagner-Jünger. Lapidar erklärte Hanslick: „Die Musik!"

Moritz von Schwind: Zukunftsmusik

Marcel Proust sprach Strawinsky 1922 auf einer Party an: „Mögen Sie Beethoven?" „Ich hasse ihn", sagte Strawinsky. „Aber die späten Streichquartette?" „Das schlechteste, was er je komponiert hat." In späteren Jahren erklärte der Beethoven-Fan Strawinsky: „Ich hätte seinen Enthusiasmus geteilt, wenn es nicht gerade Mode unter Intellektuellen gewesen wäre, Beethoven zu verehren."

Der englische Dirigent Sir Thomas Beecham: „Die Natur macht Kritiker aus den Abfällen des Stoffes, aus dem sie Künstler macht."

Eduard Hanslick war einer der schärfsten Kritiker Anton Bruckners und bezeichnete dessen Musik gerne als „traumverwirrten Katzenjammerstil". Als Bruckner eine Auszeichnung von Kaiser Franz Joseph erhielt und gefragt wurde, was der Monarch weiter für ihn tun könne, bat er: „Vielleicht würden Eure Majestät so freundlich sein, Herrn Hanslick zu bitten, nicht mehr ganz so schlechte Kritiken meiner Sinfonien zu schreiben?"

Zu einem Empfang nach einem Konzert mit Artur Rubinstein war auch die Presse geladen. Der große Pianist schlenderte mit einem Glas Wein durch die Räume und wechselte einige Worte mit den Gästen. Ein Journalist, der hinter einem Interview her war, näherte sich dem Künstler mit den Worten: „Ich bin von der Presse ..." Rubinstein drückte sich mit einem freundlichem Lächeln an ihm vorbei und erwiderte: „Wie nett von Ihnen!"

Zu Beginn von Richard Wagners Karriere konnte man den folgenden Ulkvers überall lesen und hören: „Wenn Richard – dann Wagner, wenn Strauss – dann Johann!"

George Bernard Shaw: „Kritiker sind blutrünstige Leute, die es nur nicht bis zum Henker gebracht haben."

Ein Kritiker schrieb nach einem Konzert mit den Berliner Philharmonikern unter der Leitung von Max Reger in der Zeitung, man habe das Blech viel zu laut gehört. Regers Antwort kam auf einer Postkarte bereits am nächsten Tag: „Sehr geehrter Herr, Sie haben völlig recht, Blech darf man nicht hören, sondern nur schreiben."

Von Ferruccio Busoni ist folgender Ausspruch überliefert: „Künstler sind nun einmal nur für Künstler da. Publikum, Kritik, Schulen und Lehrer ist alles dummes und schändliches Geplauder."

Eine Kommission hatte ihren Besuch am Leipziger Konservatorium angekündigt, um dort die Lehrkräfte zu prüfen. Max Reger, der damals am Leipziger Konservatorium unterrichtete, ließ der Kommission mitteilen, sie möge nur kommen. Es wäre ihm ein Vergnügen, und er sei gern bereit, seinerseits die Herren zu prüfen.

Anton Bruckner über Eduard Hanslick, einen gefürchteten Kritiker seiner Musik: „Wenn's nach dem Hanslick ginge, dann dürfte ich überhaupt nicht mehr komponieren. Aber ich erwisch' mich halt immer wieder dabei!"

Eduard Hanslick in einer Kritik über Arthur Rubinstein, der das Es-Dur-Klavierkonzert von Busoni gespielt hatte. „Als guter Musiker hat er die Komposition wohl nicht um ihrer Schönheit willen, sondern trotz ihrer Hässlichkeit gewählt. Zwischen dem ersten Satz und dem Finale lagert das Adagio wie ein faules Schaf zwischen zwei Kannibalen."

Der italienische Opernkomponist Gioacchino Rossini soll zeitlebens eine Abneigung gegen Richard Wagner gehabt haben. Das folgende Zitat über den Lohengrin stammt angeblich von ihm: „Diese Oper hat schöne Augenblicke, aber hässliche Viertelstunden."

Von dem berühmtem Tenor Leo Slezak, der bekanntlich gerne aß, wird die folgende Geschichte erzählt. Bei einer ebenso wohlhabenden wie geizigen Familie eingeladen, erwartete ihn nicht, wie erhofft, eine gedeckte Tafel, sondern eine musikbegeisterte Gastgeberin, die eine Schallplatte nach der anderen auflegte. Als die Gastgeberin schließlich fragte: „Herr Kammersänger, welches ist eigentlich Ihre Lieblingsplatte?" antwortete Slezak mit einem Lächeln auf den Lippen: „Wenn Sie mich schon danach fragen, am liebsten wäre mir jetzt eine große kalte Platte!"

Über den für seinen beißenden Spott berüchtigten Hans Pfitzner soll bei einem Südamerika-Besuch in der Zeitung gestanden haben: „Der bekannte deutsche Komponist Hans Pfitzner, der Schöpfer des Palestrina, ist soeben in Rio de Janeiro eingetroffen, wo er am Tag seiner Ankunft einen Unfall erlitt: Bei einem Spaziergang wurde Pfitzner von einer Giftschlange angegriffen und gebissen. Das Befinden der Schlange ist den Umständen entsprechend ernst."

Max Reger soll über eine etwas beleibtere Sängerin gesagt haben, sie sei die Venus von Kilo.

Dr. Eduard Hanslicks heiliger Johannes
Th. Zasche im Wiener „Figaro" 1890

Pierre Monteux, zu dieser Zeit ältester noch aktiver Orchesterdirigent, soll an seinem 85. Geburtstag erzählt haben: „Ich lernte Cello, weil ich für die Violine zu faul war; so konnte ich immerhin im Sitzen spielen. Als ich auch für das Cello zu faul wurde, bin ich Dirigent geworden. Und sollte ich einmal zu faul zum Dirigieren sein – dann werde ich natürlich Kritiker."

Von Hugo Wolf wird berichtet, er habe nur dann einen Platz im Cafe Grünsteidl eingenommen, wenn Johannes Brahms nicht anwesend war. Angeblich hatte er Brahms eines seiner Lieder geschickt, mit der Bitte, jeden Fehler in den Noten mit einem Kreuz zu versehen; woraufhin Brahms das unkorrigierte Lied mit der Bemerkung zurückschickte: „Ich möchte keinen Friedhof aus Ihrer Komposition machen."

Vor seiner Karriere als Komponist war Albert Lortzing am Leipziger Stadttheater als Sänger und Schauspieler tätig. Er hatte die Angewohnheit, in seine Rollen häufig kritische Bemerkungen über aktuelle Ereignisse einzuflechten, was ihm auf Veranlassung des Zensors Demuth einmal einen Tag Haft einbrachte. Beim ersten Auftritt nach seiner Haft, die viel Aufsehen erregt hatte, war das Theater bis auf den letzten Platz ausverkauft, auch Herr Demuth war erschienen, um sich persönlich von der Wirkung seiner erzieherischen Maßnahme zu überzeugen. Mitten in seinem Part sagte Lortzing: „Ich hätte hierzu noch einiges zu sagen ..." – und mit einem Blick zur Loge von Herrn Demuth fügte er hinzu – „aber Demut verbietet es mir."

Der Dirigent Hans von Bülow nahm einen angeblich bestechlichen Kritiker spöttisch in Schutz: „Sein Lob ist so billig zu haben, dass man ihn beinahe als unbestechlich bezeichnen kann."

Igor Strawinsky hatte Musik für eine Broadway-Produktion geschrieben. Da der Komponist bei der Uraufführung nicht selber anwesend sein konnte, telegrafierte ihm der Impressario: „Ihre Musik großer Erfolg stop Könnte sensationeller Erfolg werden, wenn Instrumentationsänderungen vorgenommen werden." Strawinsky antwortete: „Bin mit großem Erfolg zufrieden".

Maurice Ravel soll über seinen Bolero gesagt haben: „Ich habe nur ein Meisterwerk geschaffen, den Bolero; nur schade, dass keine Musik drinnen ist."

Auber fragte Rossini, wie ihm eine Aufführung von Wagners Tannhäuser gefallen habe. Rossini entgegnete verschmitzt: „Diese Musik muss man mehrmals hören. Ich werde nicht wieder hingehen."

Josef Hellmesberger klärte einen ungeschickten Pianisten, der bei einer Prüfung die d-Moll-Fuge von Johann Sebastian Bach auf die Tasten hämmerte, dass sich das Klavier bog, auf: „D-Moll hat mit demolieren nicht das mindeste zu tun!"

Prüfungen der Violinisten am Konservatorium. Die Mutter eines Prüflings hatte Professor Josef Hellmesberger eine leckere gebratene Ente geschickt. Der Sohn spielte erbärmlich. Hellmesberger drückte trotzdem beide Augen zu und gab sein Urteil ab: „Ente gut, alles gut!"

Kaiser Wilhelm II. soll nach einer Aufführung von Richard Strauss' Salome zu einem Freund gesagt haben: „Es tut mir leid, dass Strauss das komponiert hat; ich habe ihn eigentlich sehr gern, aber mit diesem Stück wird er sich furchtbar schaden." Als Strauss davon hörte, meinte er gelassen: „Von diesem Schaden konnte ich mir die Garmischer Villa kaufen."

Eduard Hanslick soll über Richard Wagners Oper Tristan und Isolde folgendes gesagt haben: „Die ‚unendliche Melodie', ist unendliche Nervenpein, die den Zuhörer zu Tode kitzelt."

Der heute vergessene Komponist Bernhard Scholz vertonte Schillers Lied von der Glocke. Zur Erstaufführung war auch Johannes Brahms geladen, der versunken und still bis zum Schluss zuhörte und dann einige Male zu nicken schien, als ob das Stück ihm sehr gefiele. Scholz fragte: „Mein Werk hat dir gefallen?" Brahms nickte und sagte: „Ist doch wirklich ein unverwüstliches Gedicht, diese ‚Glocke'!"

Hans von Bülow abfällig über preisgekrönte Kompositionen: „Je preiser ein Werk gekrönt, desto durcher fällt es."

Ein bestimmter Münchener Kritiker ließ kein gutes Haar an dem Komponisten Max Reger, weshalb einige empörte Reger-Anhänger eines Nachts vor dem Haus des Kritikers mit ungestimmten Instrumenten eine wahre Katzenmusik veranstalteten, welche diesem den Schlaf raubte. Der Kritiker nahm das ganze mit Humor und hatte sogar die Größe, sich in der nächsten Ausgabe seiner Zeitung für das Ständchen zu bedanken. Er ließ es sich allerdings nicht nehmen, mit dem Seitenhieb zu schließen: „Ich nehme an, dass es sich dabei um die Probe zu einem neuen Werk von Max Reger handelte."

Carl Maria von Weber war zeitlebens bestrebt, die deutsche Oper gegen die italienische durchzusetzen. Er hatte allerdings in der Kritikerin Therese aus dem Winkel hierbei eine Gegnerin, die häufig seine wohlgemeinten Bemühungen mit redegewandten Kritiken durchkreuzte. Als einmal auf einer Gesellschaft zufällig der Name dieser Dame fiel, zählte Weber vornehm zahlreiche ihrer guten Eigenschaften auf, um mit dem Hinweis auf ihre „entsetzliche Krankheit" zu schließen. Seine überraschten Zuhörer wollten natürlich sofort mehr über die Natur dieser Krankheit wissen, woraufhin Weber verkündete: „Sie kann die Tinte nicht halten!"

Eduard Hanslick über die Vertonung von Gebet vor der Schlacht von Franz Schubert: „Franz Schubert hat dieses Gedicht von La Motte-Fouque mit dem ihm eigenen melodiösen Fluss, aber doch gar zu licht und behaglich componiert. So klingt kein Gebet vor der Schlacht, noch nicht einmal eines vor der Hochzeit."

Eduard Hanslick kritisierte einen Dirigenten namens Schuster folgenderweise: „In der Aufführung der Meistersinger gab es diesmal sogar zwei Schuster: Hans Sachs und den Dirigenten!"

Eine junge Pianistin spielte Josef Hellmesberger eine Sonate von Mozart mehr schlecht als recht auf einem bescheidenen Klavier vor. Anschließend bat sie ihn um seine fachmännische Meinung. Um nicht grob sein zu müssen, schob der Dirigent alle Schuld auf das Klavier. Die Mutter der Möchtegern-Pianistin bemerkte: „Ich werde das Instrument frisch befilzen lassen." Hellmesberger entgegnete: „Vielleicht lassen Sie es lieber besaitigen!"

Cham: Sessel mit Ketten. Vorschlag für das Anhören Wagnerscher Opern in den Concerts populaires. „Charivari", 27.12.1869

Hans von Bülow konnte sehr „charmant“ sein. So werden ihm auch die folgenden Sprüche zugeschrieben. Über eine bekannte Sängerin: „Sie singt durchaus nicht so schön, wie sie ist.“ Und über einen Dirigenten: „Er ist nicht so übel wie einem wird, wenn er dirigiert.“

Kurz nach Giacomo Meyerbeers Tod komponierte sein junger Neffe einen Trauermarsch, den er zur Begutachtung Rossini vorspielte. „Sehr schön, sehr schön“, sagte Rossini, nachdem der junge Mann sein Vorspiel beendet hatte, „aber wäre es nicht besser gewesen, ihr wäret gestorben und euer armer Onkel hätte den Marsch komponiert?“

George Szells arrogante und egozentrische Art machte ihm keine Freunde. Ein Bekannter sagte zu Rudolf Bing, dem Manager, Szell sei selbst sein schlimmster Feind. „Aber nicht, solange ich lebe“, war die Antwort.

Wilhelm Furtwängler soll sich über einen bekannten Violinvirtuosen abfällig geäußert haben: „Ich bewundere den Mann; er spielt die leichtesten Stücke mit den größten Schwierigkeiten.“

Bei einer Premiere sah Josef Hellmesberger einen Kritiker, der sein Urteil immer erst nach dem aller seiner Kollegen abgab. Spöttisch bemerkte er: „Was würde er darum geben, wenn er heute schon wüsste, wie ihm morgen die Oper gefallen haben wird!“

Nachdem er die Proben zu der eigens für ihn komponierten Oper Die Entführung aus dem Serail gehört hatte, meinte Kaiser Joseph II. zu Mozart: „Mein lieber Mozart, das ist zu fein für meine Ohren, da sind zu viele Töne." „Ich bitte Eure Majestät um Verzeihung", entgegnete Mozart „aber es sind genau so viele Töne da, wie da sein sollten."

Der Dirigent Hans Knappertsbusch besuchte ein Konzert unter der Leitung von Wilhelm Furtwängler. Danach fragte ihn ein Musiker, ob es ihm gefallen habe. Knappertsbusch, der Furtwängler nicht besonders liebte, soll geantwortet haben: „Leider gut."

Von Busoni wird erzählt, er habe scherzhaft gefragt „Was ist der Unterschied zwischen Godowsky und einem Pianola?", und die Antwort gleich mitgeliefert: „Godowsky kann zehnmal so schnell spielen, aber das Pianola hat zehnmal mehr Gefühl."

Der berühmte Pianist Franz Liszt war 1842 auf einer Konzerttournee durch Europa und gastierte unter anderem in Königsberg. Die philosophische Fakultät der dortigen Albertus-Magnus-Universität wollte Liszt zum Ehrendoktor ernennen. Man fürchtete allerdings den Einspruch des Dekans der Fakultät, der die Musik für eine nutzlose Kunst hielt. Erstaunlicherweise stimmte der Dekan jedoch ohne besondere Überredung mit den Worten zu: „Warum soll Franz Liszt hier nicht Doktor werden, wo heutzutage sogar Chemiker promovieren können."

Journalist zu Ligeti: „Ich bin fasziniert vom Titel Ihres Op. 69, der Grand symphonie militaire.“ Ligeti: „Oh, das war ein Witz. Gemeint ist natürlich die bekannte Stellung.“

Richard Strauss soll bei der Durchsicht des Werkes eines jungen avantgardistischen Komponisten überrascht gesagt haben: „Ja, warum komponiert er denn atonal, obwohl ihm doch wirklich was eingefallen ist?“

Bekanntes Bonmot des Klaviervirtuosen Franz Liszt, angeblich geäußert nach einer Uraufführung: „Schade, das Schöne an diesem Werk ist nicht neu, das Neue nicht schön. Aber sonst geht's.“

Josef Hellmesberger soll folgenden bösen Spruch über den bekannten Kritiker Eduard Hanslick geprägt haben: „Der Hanslick geht alle Jahre leberleidend nach Karlsbad, kommt aber jedesmal leider lebend wieder zurück.“

„Erinnern Sie sich an die Zeit, als ich noch Fürst von Orleans war und Sie als kleiner Junge bei mir zu Hause spielten? Viel hat sich seitdem verändert.“ sagte der König Louis Philippe von Frankreich zu Franz Liszt. „Das stimmt, aber leider nicht zum Besseren“, erwiderte Liszt.

Zum siebzigsten Geburtstag von Sir Thomas Beecham kamen Telegramme und Glückwünsche gleich korbweise aus der ganzen Welt. Mit leicht gequältem Gesichtausdruck sagte Beecham: „Nichts von Mozart dabei?“

George Bernard Shaw über die singenden Ärzte bei einem Chorkonzert: „Diese Ärzte sollten wieder einmal an ihre Schweigepflicht erinnert werden.“

Max Reger war kein Freund der Kritikerzunft. So wird berichtet, er habe einmal einem ihrer Vertreter nach einer besonders negativen Kritik geantwortet: „Hochverehrter Herr Doktor! Da ich mich völlig auf Ihre Darstellung meines gestrigen Konzertes konzentrieren möchte, habe ich mich in den kleinsten Raum meines Hauses begeben. Im Moment liegt Ihre Kritik vor mir. Bald wird sie hinter mir liegen!“

Ein Kritiker erzählte Max Reger, er habe Richard Wagner mit zu Grabe getragen, woraufhin Reger spöttisch entgegnete: „Leider war Wagner tot und konnte sich nicht mehr wehren.“ Der zutiefst beleidigte Kritiker versicherte Reger, dass er zu seiner Beerdigung auf jeden Fall nicht erscheinen werde. Regers spöttische Antwort lautete: „Das können Sie halten, wie Sie wollen; ich würde jedenfalls sehr gern zu Ihrer Beerdigung gehen!“

Max Reger, der auch in späteren Jahren gerne dem Wein zusprach, nannte seine Studentenzeit oft scherzhaft seine „Sturm- und Trankperiode".

Eduard Hanslick schrieb über Donizettis Oper Belisar: „Nach wenigen Szenen glauben wir in dieser Honigflut von Terzen- und Sextengängen zu ertrinken, in der Stickluft dieses Triolen-Accompagnements zu verschmachten. Wie Tannhäuser im Venusberg lechzen wir nach Bitternissen, nach einigen contrapunktischen Gifttropfen, nach rhythmischen Nadelstichen und instrumentierten Brennesseln."

Joseph Hellmesberger soll bei der Generalprobe zu einer neuen Operette auf der Bühne einer österreichischen Provinzstadt zum Dirigenten gemeint haben: „Der Mangel an Blech im Orchester wird durch das Textbuch völlig ausgeglichen."

Bei der Uraufführung von Pfitzners Palestrina sagte der Komponist zum anwesenden Richard Strauss: „In diesem Werk stecken zehn Jahre härtester Arbeit". Strauss entgegnete bissig: „Warum komponieren Sie, wenn's Ihnen so schwerfällt?"

Der englische Dirigent Sir Thomas Beecham: „Wirklich prominent ist man dann, wenn der Nachruf jederzeit druckfertig in der Redaktionsschublade liegt."

Zeichnung von Klic aus den „humoristischen Blättern“, Wien 1873

Eduard Hanslick kritisiert eine Sonate für Violoncello und Klavier von Edvard Grieg: „Eigentlich ein im Seehundsfell eingenähter Mendelssohn."

Der englische Dirigent Malcolm Sargent erzählte einmal im Freundeskreis von seiner Konzert-Tournee durch Israel, auf der er einiges erlebt hatte. „Auf einem Spaziergang wäre ich beinahe getötet worden! Banditen haben zwei Revolverschüsse auf mich abgefeuert!" – „Man sollte es nicht für möglich halten", brummte Sir Thomas Beecham, sein schärfster Konkurrent, „dass selbst Banditen so viel von Musik verstehen!"

Eduard Hanslick über Richard Wagner: „Wir haben nun auch Richard Wagners neuen Festmarsch (componiert zur Eröffnung der Weltausstellung in Philadelphia) gehört. Die Abwesenheit jeder originellen Erfindung, jeder gesunden, zusammenhängenden Melodie hat etwas Grauenhaftes. Ein raffiniertes Bröckelwerk kleiner, unaufhörlich wiederholter, in den Instrumenten herumgezerrter Motivchen, ein Orkan losgelassener Instrumente: Es klingt, als ob die Weltausstellung nicht begrüßt, sondern kläglich zu Grabe geleitet werde."

Ein junger Komponist bat Richard Strauss um die Beurteilung seines ersten Werkes. „Mein lieber Freund", sagte der Meister, „ich fürchte, Ihr Werk wird sich niemals durchsetzen." Enttäuscht wollte der Komponist den Raum verlassen, da rief Strauss ihn noch einmal zurück: „Wenn ich Ihnen aber einen Rat geben darf: Geben Sie nichts auf mein Urteil. Man hat mir früher das gleiche gesagt."

Sir Thomas Beecham auf die Frage, wieso er keine weibliche Orchestermitglieder dulde: „Sind sie hübsch, dann lenken sie die Musiker ab, sind sie's nicht, irritieren sie mich."

Hans von Bülow hielt nicht viel von Gesangslehrern und verbreitete gerne folgendes Bonmot: „Der eine Gesangslehrer hält den anderen für einen Trottel, der andere seinen Kollegen für einen Scharlatan: Beide haben recht!"

Eduard Hanslick über den Klaviervirtuosen Arthur Rubinstein: „Er spielt wie ein Gott, von dem es uns nicht verwundert, wenn er sich wie Jupiter zeitweilig in einen Stier verwandelt."

Eduard Hanslicks böse Kritik über einen damals hochgefeierten Klaviervirtuosen: „Er setzt sich an sein Instrument, das ihn in einen Robespierre und das er in eine Guillotine verwandelt."

Der Komponist Arnold Schönberg malte bereits seit vielen Jahren nebenbei, als er endlich einen Galeristen zu einer Ausstellung überreden konnte. Ein Kritiker schrieb über diese Ausstellung: „Arnold Schönbergs Musik und seine Bilder – sie werden Ihre Augen und Ohren gleichzeitig zerstören."

Hanslick schrieb: „Das Vorspiel zu Tristan und Isolde erinnert mich an das alte italienische Gemälde, auf dem einem Märtyrer die eigenen Eingeweide langsam mit einem Rad aus dem Körper gezogen werden."

Der Komponist Gustav Mahler besuchte ein Konzert mit atonalen Werken und applaudierte nach der Aufführung demonstrativ, während ein großer Teil des Publikums pfiff und lärmte. Er meinte: „Mir gefällt es auch nicht, aber das kann daran liegen, dass ich es nicht verstehe."

Der junge Strawinsky zeigte seinem Lehrer Rimsky-Korsakov eine eigene Arbeit. „Das ist widerlich", sagte Korsakov, „so einen Unsinn darf man frühestens komponieren, wenn man sechzig ist." Den ganzen Tag über blieb Korsakov schlecht gelaunt, um sich abends bei seiner Frau zu beschweren: „Was für ein Haufen Nichtskönner meine Schüler doch sind! Keiner von denen ist in der Lage, solchen Blödsinn zu komponieren wie Igor!"

Ein Kritiker erklärte nach der Aufführung einer Bruckner-Sinfonie: „Nicht übel, aber viel zu lang." Anwort des zufällig mithörenden Max Reger: „Der Bruckner ist nicht zu lang, aber Sie sind zu kurz!"

Kapitel 3

Die lieben Kollegen

Als ein neues Quartett von Haydn aufgeführt wurde, beschwerte sich der tschechische Komponist Leopold Kozeluch bei seinem Nachbarn Wolfgang Amadeus Mozart: „Ich hätte es niemals so gemacht!" „Ich auch nicht", anwortete Mozart „und wissen Sie, warum? Weil keiner von uns so eine gute Idee gehabt hätte!"

Ein minder talentierter, aber zum Ausgleich sehr von sich überzeugter Sänger gab einmal Enrico Caruso gegenüber mit dem Erfolg seines letzten Konzertes fürchterlich an: „Unglaublich, wie meine Stimme den riesigen Saal bis in die letzte Ecke füllte!" Darauf Caruso: „Davon habe ich auch schon gehört. Freunde sagten mir, Ihre Stimme sei sogar so riesig gewesen, dass ein Großteil des Publikums den Saal verlassen musste, um ihr Platz zu machen."

Karl Friedrich Zelter, der berühmte Leiter der Berliner Singakademie, wurde von einem aufstrebenden Komponisten besucht, der ihm sein neuesten Werk vorspielte. Mitten im Vortrag des Kollegen stand Zelter plötzlich auf, öffnete das Fenster sperrangelweit und ließ einen Schwall kalte Winterluft ins Zimmer. Auf den besorgten Blick des anderen entgegnete er: „Nur keine Sorge, ich schlafe stets bei offenem Fenster."

Gustav Mahler bat einen Kollegen, ihn in eine Aufführung der Walküre zu begleiten. Dieser lehnte mit der Begründung ab, er wolle keine Wagner-Oper hören, um nur ja nicht beeinflusst zu werden. Mahler entgegnete schlagfertig: „Wenn Sie Rindfleisch essen, werden Sie ja auch kein Ochse."

Dr. Otto Böhler: Wagner und die Kritik
(untere Reihe: Paul Lindau, M. Kalbeck, L. Speidel;
in Wagners Hand: Eduard Hanslick)

Jules Massenet: „Die Musik Richard Wagners ist so überwältigend, dass man, wenn man eines seiner Werke gehört hat, schwört, nie wieder zu komponieren. Später“, fügte er seufzend hinzu, „vergisst man ein bisschen und fängt doch wieder an.“

Ein Freund machte Mozart einmal zum Vorwurf, er habe eine besonders schöne Melodie von Joseph Haydn „gestohlen“. Darauf erwiderte Mozart lachend: „Diese Melodie ist bei Haydn so schön; ich könnte sie nicht besser machen.“

Ein junger Komponist kam zu Franz Liszt und spielte ihm eine selbstkomponierte Sonate vor mit dem Hinweis, er wolle zwar eigentlich ein berühmter Pianist werden, schreibe jedoch auch ab und zu. Liszt hörte ihm beim Spielen zu, blätterte einen Moment in den überreichten Manuskripten und erwiderte boshaft: „Soso, auch zu?“

Ein berühmter Dirigent war für seinen „dunklen“ Inszenierstil bekannt. Als die Musiker sich einmal Gedanken über ein würdiges Geschenk für den nächsten Geburtstag des Meisters machten, schlug ein Spötter aus der hintersten Reihe vor: „Einen schwarzen Scheinwerfer.“

Giacomo Puccini schickte jedes Jahr vor Weihnachten seinen Freunden einen Panettone. So ließ er auch Arturo Toscanini einen Kuchen schicken, und erst nachher fiel ihm ein, dass er sich doch mit dem Dirigenten gestritten hatte. Da er nicht wollte, dass Toscanini den Kuchen für ein Versöhnungsgeschenk oder gar ein Eingeständnis seiner Schuld nahm, schickte er sofort ein

Telegramm des Wortlauts: „Panettone aus Versehen abgesandt." Am Tag darauf erhielt er von Toscanini die Antwort: „Panettone aus Versehen aufgegessen."

Richard Strauss dirigierte auf Einladung von Hans von Bülow eines seiner frühen Werke, den Macbeth bei den Berliner Philharmonikern. Da er viel vergessen hatte, musste er ständig in der Partitur blättern. Von Bülow spottete: „Die Partitur sollte in deinem Kopf sein, nicht dein Kopf in der Partitur – sogar wenn du es selbst komponiert hast."

Ein Schüler besuchte Rossini zum Unterrricht und fand den Meister am Klavier sitzend vor, wo er gerade die Ouvertüre zu Wagners Tannhäuser mit fürchterlichen Misstönen grausam entstellte. Bei näherer Betrachtung fiel dem Schüler auf, dass die Noten des Klavierauszugs auf dem Kopf standen. Auf einen entsprechenden Hinweis antwortete Rossini: „Ich weiß, ich habe es schon andersherum probiert, aber da klingt es auch nicht besser."

Johannes Brahms verpasste niemals eines der Abendkonzerte von Johann Strauß. Man sagt, dass Frau Strauß Brahms eines Tages um ein Foto mit Autogramm bat. Einige Tage später überreichte er ihr ein Foto, auf das er die ersten Takte der Schönen Blauen Donau gekritzelt hatte. Unter den Noten stand seine Unterschrift mit der Bemerkung: „Leider nicht von Johannes Brahms."

Richard Wagner und Robert Schumann wurden einander vorgestellt. Nach einer angeregten Unterhaltung sagte Schumann später: „Wagner hat mir sehr gut gefallen, aber er redet ununterbrochen." Wagner sagte hingegen über Schumann: „Ein großartiger Mensch, dieser Schumann, aber er schweigt immer nur."

Der Streit zwischen den Anhängern von Johannes Brahms und denen Anton Bruckners ist legendär. Bruckner selbst soll einmal über Brahms gesagt haben: „Er ist halt der Brahms, und ich bin der Bruckner – aber meine Sachen sind mir lieber."

Ein Cellist spielte Gioacchino Rossini vor. Zehn Jahre später erzählte er: „Der große Komponist war so von meinem Spiel begeistert, dass er mich mitten in einem Cantabile unterbrach und mich auf die Stirn küsste. Ich habe mir seit diesem Tag das Gesicht nicht mehr gewaschen."

Ein kräftig gebauter Komponist der jüngeren Generation spielte Guiseppe Verdi sein neuestes Werk vor und bat den Meister anschließend um eine harte Beurteilung. „Bitten Sie mich lieber nicht um eine ehrliche Beurteilung Ihres Werkes", entgegnete der Komponist zurückhaltend, „denn Sie sind viel größer und kräftiger als ich."

Hans Knappertsbusch begegnete eines Morgens einem jungen Kollegen, der ihn selbstgefällig fragte: „Haben Sie gestern meinen Tristan gehört?" Knappertsbusch entgegnete süffisant: „Ich wusste gar nicht, dass Sie auch einen geschrieben haben."

Jean-Philippe Rameau, der große französische Komponist, lag im Sterben. Ein Priester spendete ihm die letzte Ölung und stimmte anschließend einen Psalm an. Da öffnete Rameau ein letztes Mal die Augen und kritisierte: „Wie kann man nur so falsch singen!"

Ein Freund namens Fuchs zeigte Joseph Hellmesberger die Partitur seines neuesten Werkes. Nach einem kurzen Blick meinte der immer ehrliche Hellmesberger in Umänderung des bekannten Kinderliedes trocken: „Fuchs, die hast du ganz gestohlen!"

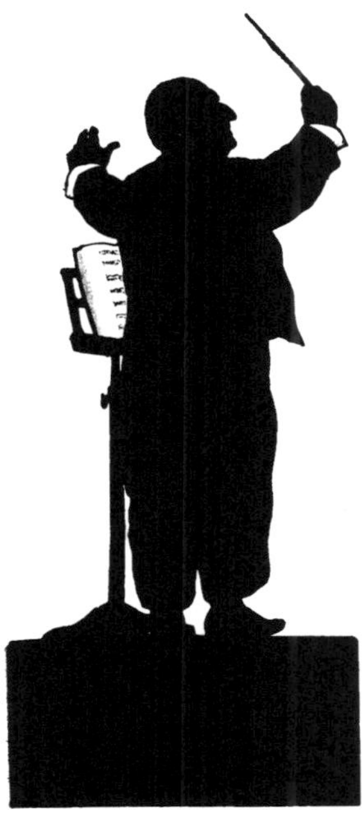

Anton Bruckner
Dr. Otto Böhler

Ein junger Kollege besuchte den berühmten Komponisten Gioacchino Rossini und ließ es sich nicht nehmen, dem verehrten Meister aus seinem neuesten Werk, der Oper Die Wüste vorzuspielen und ihn anschließend um seine Meinung zu bitten. Rossini hörte geduldig zu und zu und meinte sodann: „Mein junger Freund, Ihre Oper sollte nicht Die Wüste heißen, sondern den Namen Der Boulevard tragen, denn auch dort trifft man andauernd alte Bekannte!"

Als 1805 der Tenor Hans Haydn, der Bruder des berühmten Komponisten starb, verbreitete sich das Gerücht, Joseph Haydn sei gestorben. Die Feierlichkeiten zum Tode des großen Mannes waren bereits geplant – in Paris sollten eine Trauerkantate von Cherubini und ein Violinkonzert nach Themen von Haydn aufgeführt werden – als sich der Irrtum aufklärte. Haydn meinte vergnügt: „Hätte ich von dieser Totenfeier gewusst, ich wäre nach Paris gefahren und hätte selbst dirigiert."

Richard Wagner hörte eines Abends bei einem Spaziergang einen Drehorgelspieler den Brautzug aus Lohengrin in einem unmöglichen Tempo entstellen. Wut ergriff den großen Komponisten, er nahm dem Mann die Drehorgel ab und drehte den Schwengel im richtigen Tempo. Anschließend gab er dem Drehorgelmann ein reichliches Trinkgeld mit der Anweisung, den Brautzug in Zukunft nur noch in diesem Tempo zu spielen. Am nächsten Morgen hatte der bauernschlaue Drehorgelmann ein Schild an seiner Orgel angebracht: „Schüler von Richard Wagner."

Carl Friedrich Zelter wohnte der Aufführung einer Oper des italienischen Komponisten Gaspare Spontini bei. Das Orchester vollführte einen Heidenlärm. Beim Verlassen des Theaters hörte Zelter eine Militärkapelle mehr schlecht als recht und mit ohrenbetäubendem Lärm den Großen Zapfenstreich spielen. Erleichtert seufzte er: „Was für eine Wohltat – diese sanften Klänge!"

In Gegenwart Ludwig van Beethovens wurde ein Komponist erwähnt, der zwar nicht gut, dafür aber viel komponierte. Ein Freund erwähnte, dieser Komponist arbeite nicht nur tagsüber, sondern auch bei Nacht. Beethoven bemerkte spöttisch: „Er ist eben ein guter Mensch, er stiehlt sich den Schlaf, um ihn anderen zu schenken."

Ein junger Komponist zeigte Johannes Brahms die Partitur seines Erstlingswerkes mit der Bitte um sein Urteil. Brahms schaute lange auf die Noten und gab die Partitur schließlich mit den Worten zurück: „Sagen Sie mir, wo haben Sie das schöne Notenpapier her?"

Paul Hindemith war bei einem seiner Schüler zu Besuch. Da er unangekündigt erschienen war, war das Zimmer unaufgeräumt; überall lagen Partituren, Klavierauszüge und andere Noten umher, darunter Werke von Bach, Mozart, Beethoven, Chopin, Brahms und Tschaikowsky. Im Scherz meinte Hindemith zu seinem Schüler: „Und ich dachte immer, Sie komponieren auswendig!"

Hans Knappertsbusch wurde um seine Meinung über einen Kollegen gebeten, den er nicht besonders mochte. Die spitze Antwort: „Bei dem stimmt noch nicht einmal das Gegenteil von dem, was er sagt."

Ein guter Bekannter sagte über Richard Strauss: „Den meisten Komponisten sieht man ihren Beruf schon von weitem an, Richard aber könnte man ganz gut für einen Beamten halten." Strauss' Ehefrau Pauline erwiderte: „Es stimmt, dass mein Richard eher aussieht wie ein Spießer, aber auf dem Notenpapier ist er ein Wüstling."

Als Johann Sebastian Bach einmal in Altenburg weilte, betrat er sonntags unerkannt die dortige Kirche, um seinen ehemaligen Orgelschüler Johann Ludwig Krebs zu hören. Dieser spielte eine improvisierte Fuge mit dem berühmten Thema B-A-C-H. Bach soll später gesagt haben, er habe nur einen einzigen Krebs in seinem Bache gefangen.

Max Reger war zu einer Abendgesellschaft eingeladen, bei der eine junge Dame aus vornehmem Hause den Flügel traktierte. Da ihr Aussehen attraktiver war als ihr Spiel, raunte Reger seinem Nachbarn zu: „Wenn sie keinen Flügel hätte, wäre sie ein Engel!"

Rossini wurde oft von enthusiastischen Musikern belästigt, und weil er ein herzensguter Mensch war, stand seine Tür jedem offen. Einmal kündigte sich ein Schlagzeuger bei ihm an, der auch mit minutenlangen Ausflüchten nicht davon abzubringen war, die Ouverture zu La Gazza Ladra vorzuspielen. Nach den ersten Takten schaute der Musiker, sehr mit seinem Lärm zufrieden, den sichtlich leidenden Komponisten an und verkündete: „Hier stehen als nächstes 60 Takte Pause, die werde ich überspringen und ..." „Sie werden nichts dergleichen tun, sondern diese Pause durchzählen", entgegnete Rossini geistesgegenwärtig.

Der Streit zwischen den Anhängern von Richard Wagner und Johannes Brahms nahm eine zeitlang fast groteske Formen an. Richard Strauss pflegte deshalb auf die Frage ob er Wagnerianer oder Brahmsianer sei, zu erwidern: „Ich bin Selberaner."

Ein berühmter Dirigent zu einem Journalisten: „Wenn ich den Berliner Philharmonikern befehle, einen Schritt nach vorn zu machen, dann tun sie das. Befehle ich dasselbe den Wiener Philharmonikern, folgen sie mir zwar, wollen aber anschließend darüber diskutieren, wieso ..."

Im zweiten Akt der Meistersinger verwendet Richard Wagner einige Takte einer Komposition von Franz Liszt. Als diesem das beim Durchspielen der Partitur am Klavier auffiel, meinte er nur: „Richard, so wird wenigstes etwas von meiner Musik auch der Nachwelt erhalten bleiben."

Die Frau des Klavierpädagogen und Komponisten Joachim Raff beklagte sich bei Johannes Brahms über die Angewohnheit ihres Mannes, Tag und Nacht zu komponieren. Es sei ihr nur mit viel Mühe gelungen, dass er jetzt wenigstes zwei Stunden am Tag seine Arbeit ruhen ließe und mit ihr spazierengehe. Brahms, der keine besonders hohe Meinung von den Kompositionen Raffs hatte, sagte ruhig: „Das ist gut, sehr gut!"

Der alte Brahms und der junge Gustav Mahler trafen sich in Ischl. Brahms schaute auf den Fluss und meinte pessimistisch: „Glauben Sie mir, lieber Mahler, nach meinem Tod ist es mit der Musik zu Ende." Mahler schaute auf den Fluss und erwiderte: „Sehen Sie, da kam gerade die letzte Welle ..."

Zwei weltberühmte Dirigenten, Herr X und Herr Y dirigierten einmal gleichzeitig an derselben Bühne. Herr X fand an einer Toilettentür ein Schild mit der Aufschrift: „Reserviert für Herrn Y." Kurz entschlossen besorgte er sich Kreide und schrieb auf die nächste Tür: „Reserviert für die übrigen A....löcher!"

Hans von Bülow besuchte ein Konzert eines jungen Komponisten. Nach seinem Eindruck befragt, sagte er nach der Aufführung: „Sagen Sie dem Komponisten bitte, für den Fall, dass ihm wieder etwas einfallen sollte, er möge sich auf keinen Fall die Mühe machen, das auch noch niederzuschreiben."

Johann Strauss soll nach dem Hören eines Streichquartetts von Paul Hindemith gefragt haben, wie lange der Komponist daran gearbeitet habe. Als er „Drei Tage" zur Antwort bekam, meinte Strauss: „Das hab' ich mir gleich gedacht."

Hugo Wolf gelang es bei den Proben zu einer Tannhäuser-Inszenierung in Wien, sich an Richard Wagner heranzudrängen. Er wollte dem verehrten Meister einige seiner Kompositionen vorlegen. Wagner sagte abwehrend: „Ich verstehe nichts von Musik." Worauf Wolf mit ungewollter Komik entgegnete: „Meister, Sie sind zu bescheiden!"

Giacomo Puccini bat einen seinerzeit erfolgreichen Bühnenschriftsteller um ein Libretto. Der berühmte Schriftsteller antwortete dem damals noch unbekannten Puccini: „Ich werde nicht mit Ihnen zusammenzuarbeiten, denn bekanntlich können ein Pferd und ein Esel nicht denselben Wagen ziehen." Der erboste Puccini antwortete schlagfertig: „Meister, ich verstehe voll und ganz, dass Sie für einen unbekannten Neuling kein Libretto schreiben wollen; möchte mir aber trotzdem verbitten, von Ihnen als Pferd bezeichnet zu werden."

Händel sagte zu Gluck, der eine Meinung über seine Oper La Caduta dei giganti hören wollte: „Sie haben sich viel zu viel Mühe mit Ihrer Oper gemacht. Hier in England ist das Zeitverschwendung. Die Engländer mögen es, wenn sie den Takt sofort mitklatschen können und eine Komposition direkt ins Ohr geht."

Richard Wagner und die Kritik zu seinen Lebzeiten und nach seinem Tode. Aus dem Wiener „Kikeriki".

Ein berühmter, für seinen „dunklen“ Stil bekannter Dirigent inszenierte Wagners Tristan und Isolde. Einen besonderen Effekt erzielte die Aufführung durch ihre äußerst sparsame Beleuchtung. Der Impressario Sir Rudolf Bing besuchte die Vorstellung. Der Dirigent erklärte ihm anschließend, er habe für dieses spezielle Halbdunkel mehr als zwanzig Beleuchtungsproben gebraucht. Spöttisch entgegnete Bing: „Diese Dunkelheit hätte ich auch mit einer einzigen Probe hingekriegt!“

Gustav Mahler pflegte sich von seiner Umgebung inspirieren zu lassen. Er selbst nannte das einmal „aus der Natur lesen“. Angeblich sind in seiner 3. Sinfonie die Blumen seines Gartens, die Berge, der Sonnenschein, die Vögel in der Luft und die Tiere des Waldes in einer einzigartigen Tondichtung vereint. Ein ebenfalls komponierender Freund besuchte Mahler und ließ, begeistert von der herrlichen Umgebung, seine Augen schweifen. „Du brauchst hier nicht viel herumzusehen“, kommentierte Mahler lachend, „das hier habe ich alles schon verkomponiert!“

Vater und Sohn Mozart weilten am 19. Mai 1764 am königlichen Hofe in London, wo der junge Wolfgang zuerst die Königin begleitete, dann einen Flötisten, und zum Schluss über das Bass-Thema einer Air von Händel eine wundervolle Melodie improvisierte. Niemand interressierte sich mehr für den Jungen als der Hofkapellmeister der Königin, Johann Christian Bach. Er nahm den jungen Mozart auf seine Knie und spielte eine Sonate mit ihm zusammen, wobei jeder abwechselnd einen Takt spielte. Dabei spielten beide so präzise, dass der Wechsel zwischen den Pianisten unhörbar blieb.

Komponisten unter sich; Volkmar Andreae bemerkte zu seinem Freund Max Reger: „Wenn ich deine Musik höre, so werde ich immer reger!" Darauf entgegnete Reger: „Und wenn ich deine Musik höre, so höre ich immer andre."

Der österreichische Sinfoniker Anton Bruckner war ein glühender Verehrer Richard Wagners. Tatsächlich war er einmal in Wagners Bayreuther Villa Wahnfried zu Gast. Während die anderen Gäste ausgelassen feierten, blieb der zurückhaltende Bruckner bescheiden in einer Ecke stehen. Dies fiel Wagner auf, der seinem Gast eigenhändig ein Glas Bier überbrachte. Völlig überwältigt von dieser Aufmerksamkeit seines Idols, nahm Bruckner ungeschickt das Glas entgegen, verbeugte sich und sagte: „Was für ein Kellner, was für ein Kellner!"

Am Ende seiner Amtszeit als Direktor der Wiener Hofoper ließ Gustav Mahler die Orden und Auszeichnungen, welche er während all dieser Jahre erhalten hatte, in einer Schublade seines Schreibtisches zurück. Ein aufmerksamer Hausmeister machte Mahler auf das vermeintliche Versäumnis aufmerksam. Mahler winkte gelassen ab: „Die sind für meinen Nachfolger!"

„Ihr werdet zu meinem Gedenken spielen, und ich werde euch im Jenseits hören", sagte Chopin zu seinen treuesten und engsten Freunden. Der französische Cellist Auguste-Joseph Franchomme, einer seiner besten Freunde, mit dem Chopin die berühmte Sonate für Klavier und Violoncello komponierte, entgegnete: „Wir werden deine Sonate spielen." Chopin entgegnete: „Spielt lieber etwas wirklich gute Musik, zum Beispiel Mozart."

Ein mittelmäßiger Pianist wollte von Max Reger wissen, ob er in seinem Musikzimmer eine Büste Mozarts oder vielleicht doch lieber eine von Beethoven aufstellen solle. Reger antwortete giftig: „Nehmen Sie Beethoven, der war taub!"

Zwischen den Tenören Giacomo Lauri-Volpi und Benjamino Gigli entbrannte nach dem Tod von Enrico Caruso ein heftiger Kampf um seine Nachfolge. Lauri-Volpi erklärte sich nach dem Ablauf seines Vertrages an der New Yorker Oper nur unter der Bedingung zu einer Verlängerung bereit, dass seine Gage höher sei als diejenige seines Kollegen. Um aber seinerseits Gigli nicht zu beleidigen, wurde Lauri-Volpis Gage um zehn Cent pro Auftritt erhöht. Damit war die Eitelkeit des Sängers befriedigt und er unterschrieb seinen Vertrag.

Auch Georg Friedrich Händel wurde einmal vorgeworfen, bei verschiedenen Komponisten „Anleihen" getätigt zu haben. Zur Verteidigung konterte er: „Ach, aber diese musikalischen Anfänger konnten doch mit all den schönen Melodien gar nichts Vernünftiges anfangen!"

Jascha Heifetz war für sein Gehör berühmt. Die Fama will es, dass der über 70jährige die Bach'sche Chaconne in D-Moll aufnehmen sollte. Im Hintergrund sagte jemand leise etwas von einem Stimmton für den Geiger. Heifetz lächelte, schüttelte seinen Kopf und sagte still: „Nein danke, ich erinnere mich."

Im Freundeskreis gab es eine angeregte Diskussion über die Farben der Musik. Mit einem Seitenblick auf seinen Kollegen Grün soll Josef Hellmesberger scharfzüngig bemerkt haben: „Immer wenn jemand so richtig falsch spielt, dann sehe ich grün. Grün ist gut für die Augen, aber nicht für die Ohren!

Auf einer Russland-Reise wurden Benjamin Britten und Dmitrij Schostakovitsch Freunde. „Was denken Sie über Puccini?“ fragte Schostakovitsch einmal. „Seine Opern sind scheußlich“, entgegnete Britten. „Nein, Ben, du bist im Unrecht“, sagte Schostakovitsch. „Er hat fantastische Opern geschrieben, aber scheußliche Musik.“

Der Komponist Robert Edler komponierte unter seinem eigenen Namen anspruchsvolle Chorsätze und verwendete für die eher volkstümlichen Kompositionen das Pseudonym Max Orrel. Als sein Chor einmal unter seiner Leitung einen Satz dieses unbekannten Orrel einstudierte, sagte einer der Sänger voller Begeisterung: „Du musst solche Sachen schreiben wie dieser Orrel. Das gefällt den Zuhörern. Und nicht dein krummes Zeug!“

Ein Jahr vor seinem Tod schrieb Frederic Chopin an seinen Freund Julien Fontana in London: „... Ich bin so nachsichtig geworden, dass ich selbst ein Oratorium von Sowinsky gerne anhören könnte und daran nicht sterben würde ... Was mir verblieben ist, das ist eine lange Nase und ein unausgebildeter vierter Finger.“

Auf die Frage, warum er nicht auswendig dirigiere, sagte Clemens Krauss: „Warum? Ich kann doch Noten lesen!“

Joseph Hellmesberger besuchte einmal einen befreundeten Komponisten und blieb zum Mittagessen im Kreis der Familie. Nach dem Essen zog sich der Freund zum Arbeiten zurück. Da sagte Hellmesberger: „Kinder, geht beten – der Vater geht stehlen!“

Hogarth: Die Bettler-Oper

Während seiner Amtszeit als Direktor der Wiener Hofoper besuchte eine junge Sängerin Gustav Mahler zum Vorsingen. Bei sich trug sie ein Empfehlungschreiben eines Erzherzogs. Mahler, der jede Form von Protektion hasste, zerriss das ungelesene Schreiben vor ihren Augen und sagte: „Und jetzt, mein Fräulein: Singen Sie!“

Wieder einmal waren die Freunde Liszt und Chopin und einige ihrer Verehrer versammelt. Liszt bat Chopin zu spielen, löschte alle Kerzen und zog die Vorhänge zu. Als aber Chopin zum Klavier gehen wollte, flüsterte Liszt ihm im Dunkeln etwas ins Ohr und die beiden tauschten die Plätze. Liszt spielte eine Chopinsche Komposition und verzauberte die Zuhörer völlig. Als er zu Ende gespielt hatte, entzündete er die Kerze auf dem Klavier. Natürlich war die Verblüffung groß, hatten doch alle Anwesenden im Dunkeln Liszts Klavierspiel für das unvergleichliche von Chopin gehalten. „Ihr seht“, sagte der Virtuose, sich erhebend, „dass Liszt Chopin sein kann, wenn er will; aber könnte Chopin jemals Liszt sein?“

Rossini und ein Freund gingen spazieren, als sie Meyerbeer trafen, der fragte: „Und wie geht es ihnen, Meister?“ „Sehr schlecht, mein Freund; die Verdauung, Sie wissen. Ich fürchte, es geht zuende.“ Rossini und sein Freund gingen weiter und der Freund sagte: „Warum haben Sie derart gelogen. Sie waren niemals gesünder und reden vom Sterben.“ „Ach wissen Sie“, antwortete Rossini „es ist gelogen, das stimmt – aber es macht ihm doch soviel Freude ...“

Eduard Hanslick in einer Kritik über Ludwig van Beethovens Ruinen von Athen: „Beethoven ist schon in den ersten Takten des Chores erkennbar und bleibt es das ganze Stück hindurch. Aber es ist ein Beethoven in Schlafrock und Pantoffeln, ein Beethoven, der unwillkommenen Besuch hat und sich zur Artigkeit zwingt."

Arturo Toscanini war der erste Dirigent, der komplett auswendig dirigierte. Er tat dies aufgrund seiner extremen Kurzsichtigkeit. Viele seiner Kollegen eiferten ihm daraufhin nach. Otto Klemperer meinte einmal schlagfertig: „Dieser Mensch ist zu eitel, eine Brille zu tragen, und wir anderen müssen's jetzt ausbaden!"

Richard Strauss: „Was ein richtiger Musiker sein will, der muss auch eine Speisekarte komponieren können."

Die englische Pianistin Florence May soll Johannes Brahms gefragt haben: „Wie kann ich mich am schnellsten verbessern?" „Sie müssen im Wald spazierengehen", antwortete Brahms.

Franz Schubert mochte es gar nicht, wenn seine Lieder in andere Tonarten transponiert wurden. Als sein Freund, der Sänger Michael Vogl, ihn einmal nach dem Vortrage eines solchen um seine Meinung bat, soll Schubert gesagt haben: „Nettes Lied. Aber sag mal, wer ist denn der Komponist?"

Robert Schumann: „Im Falle Rossini ist es so, dass der Künstler bis 37 komponierte, nachher vorwiegend am Kochtopf stand und innert vierzig Jahren die internationale Speisekarte um einige Neuigkeiten (Tournedos à la Rossini) bereicherte, darunter auch ein Salatrezept, welches ihm den Segen eines Kardinals eintrug. Rossini pflegte zu sagen: ‚Der Magen ist der Kapellmeister, der das große Orchester unserer Leidenschaften dirigiert.'"

Jascha Heifetz' Amerika-Debut im Oktober 1917 in der Carnegie Hall wurde von vielen der seinerzeit berühmten Virtuosen besucht. In einer Pause sagte der berühmte Geiger Mischa Elman – sich die Stirn abwischend – zu seinem Nachbarn, dem Pianisten Leopold Godowsky. „Mensch, ist das heiß hier drin!" „Nicht für Pianisten" war die feinsinnige Antwort.

Gustav Mahler sollte eine vom österreichischen Kaiser protegierte, aber nicht besonders talentierte Sängerin an der Wiener Hofoper aufnehmen. Mahler lehnte es ab, die Sängerin zu engagieren. Durch einen Mittelsmann betonte der Kaiser noch einmal seinen ausdrücklichen Wunsch. Mahler lenkte ein: „Einverstanden, ich engagiere sie, aber die Bühne wird sie nicht betreten." Der Mittelsmann forderte: „Aber gerade an ihren Bühnenauftritten ist der Kaiser besonders interessiert." „Nun, dann wird halt bei jedem ihrer Auftritte auf dem Programmzettel stehen: Auf Befehl des Kaisers." Danach verzichtete der Kaiser auf jede weitere Protektion.

Ein junger Komponist fragte einst Wolfgang Amadeus Mozart um Rat: „Wie kann ich es als Komponist schnellstens zur Meisterschaft bringen?“ Mozart antwortete: „Nur Fleiß und Ausdauer führen zum Ziel, weswegen Sie gründlich studieren müssen“ „Aber Sie haben doch schon als Kind komponiert“, entgegnete der Ratsuchende. „Das stimmt“, sagte Mozart, „aber ich habe auch niemanden gefragt, wie ich es machen soll.“

Giacomo Meyerbeer liebte es, seine eigenen Werke endlos zu proben, ohne eine Aufführung zuzulassen. Eines Tages begegnete er Rossini und seufzte so laut vor sich hin, dass dieser ihn fragte: „Und woran leiden Sie heute?“ „Meister, mir ist schlecht, alles tut mir weh und mein Kopf dröhnt – ich weiß nicht, was ich machen soll“, war die geplagte Antwort. Rossini, der wusste, dass Meyerbeer gerade von einer Probe kam, entgegnete: „Ich will Ihnen sagen, was Ihnen fehlt: Sie haben sich selbst zuviel zugehört.“

Franz Schubert bewies bei der Suche nach einem Verleger seiner Werke nur wenig Geschick. Deshalb schickten Freunde seine Vertonung von Goethes Erlkönig an den Verlag Breitkopf & Härtel. Da man dort nur einen Namensvetter kannte, der in Dresden Mitglied der Hofkapelle war, wandte man sich an diesen mit der Frage, ob es sich um seine Komposition handele. Voller Empörung wies er diese Vermutung zurück und versicherte, er werde in Erfahrung bringen, „von wem dieses Machwerk stammt“, und alles unternehmen, „diesen Kerl, der meinen Namen missbraucht, zu entdecken.“

Franz Schubert soll von seinen Freunden mit dem Spitznamen Der Kanewas belegt worden sein, weil seine erste Frage bei ihm neu vorgestellten Künstlern immer lautete: „Kann er was?

Der Pianist Moritz Moszkowski wurde von einer Verehrerin gebeten, doch etwas in ihr Stammbuch zu schreiben. Er fand eine Seite, auf die Hans von Bülow geschrieben hatte: „Bach, Beethoven, Brahms, et tous les autres sont des cretins [und alle anderen sind Idioten]." Moszkowski schrieb unten auf die Seite: „Mendelssohn, Meyerbeer, Moszkowski, et tous les autres sont des Chretiens [und alle anderen sind Christen]."

F. Chopin spielte seine eigenen Werke auf einem privaten Konzert in Paris, das von seinen Virtuosen-Kollegen Alexander Dreyschock und Sigismund Thalberg besucht wurde. Beide hörten ihm voller Entzücken zu, als sie jedoch nach dem Konzert die Straße erreichten, begann Thalberg lauthals zu schreien. „Was ist los?", fragte der überraschte Dreyschock. „Ach nichts", erwiderte Thalberg, „aber ich habe den ganzen Abend nur piano gehört und jetzt brauche ich zur Abwechslung ein wenig forte."

Kapitel 4

Freunde der Kunst

Ein Italiener belästigte Johann Sebastian Bach fast täglich mit eigenen Kompositionen von geringem Wert und lästerte dabei fortwährend über die deutsche Schule. Bach überlegte, wie er dem Prahlhans, der bei jeder Gelegenheit die Vorzüge der italienischen Musik in den höchsten Tönen lobte, einen Denkzettel verpassen könne. Zu dieser Zeit kam Johann Ludwig Krebs nach Leipzig, um seinen Lehrer und Freund zu besuchen. Krebs betrat also, als Fuhrmann verkleidet, Bachs Zimmer in Anwesenheit des italienischen Plagegeistes. Nach der Übergabe einer fingierten Nachricht fragte Bach den „Fuhrmann", ob er auch Klavier spielen könne. Krebs bejahte und brachte einige Sonaten und Fugen meisterhaft zum Vortrag. Der Italiener staunte wortlos. Gönnerisch sagte Bach: „So spielen bei uns die Kutscher, die echten Musiker sind selbstverständlich wesentlich besser!"

Der berühmte Violinist Fritz Kreisler ging Schlittschuhlaufen und fiel dabei des öfteren hin. Ein freundlicher Herr fing ihn im letzten Moment auf, als der ungeübte Kreisler wieder einmal stürzte. Dieser Herr erkannte Kreisler und sagte: „Ich habe Sie gestern abend spielen gehört, aber wissen Sie, Schlittschuhlaufen muss man lernen, das ist nicht so leicht wie Violine spielen."

Gustav Mahler wurde gefragt, wie man komponiert. „Wie kann man mich so etwas fragen?", war seine Antwort „Wie macht man eine Trompete? Man nimmt ein Loch und wickelt Messing darum, genauso komponiert man."

Franz Liszt gab ein Konzert in Wien. Am Ende des Konzertes spielte Liszt als Zugabe den Rakoczy-Marsch, die in Österreich verbotene Freiheitshymne der Ungarn. Die anwesenden Hofleute tuschelten entsetzt ob dieses Affronts. Der Kaiser selbst jedoch applaudierte laut und bat um eine Wiederholung des Marsches mit den Worten: „Wissen Sie, ich habe sonst niemals Gelegenheit, diesen Marsch zu hören."

Bach wurde häufig nach sehr einfachen Stücken gefragt und beantwortete diese Fragen normalerweise mit „Ich werde sehen, was ich tun kann". Wenn er allerdings auch mit einem einfachen Thema begann, geriet ihm dieses bei gründlicher kontrapunktischer Bearbeitung niemals so einfach wie versprochen. Auf Beschwerden pflegte er gerne zu antworten: „Üben Sie einfach nur fleißig, und Sie werden es spielen können; Sie haben genau so viele gesunde Finger wie ich."

Während seiner Zeit in Amerika wurde Paul Hindemith von einem jungen avantgardistischen Komponisten besucht, der ihm die Tonbandaufzeichnung eines seiner elektronischen Werke vorspielte. Hindemith hörte geduldig bis zum Ende des Stücke zu und erkundigte sich: „Ist das Ihr letztes Werk?" „Nein", erwiderte der junge Mann. „Schade!"

Der für seine zarten und vergeistigten Chopin-Interpretationen berühmte Pianist Artur Rubinstein spielte bei einem privaten Konzert einige Nocturnes. Jovial versicherte daraufhin der Gastgeber: „Es war ganz wunderbar, aber Sie hätten ungeniert lauter spielen können; dieses Haus gehört mir ganz allein!"

Sir George Smart (1776-1867; englischer Komponist und Dirigent) erinnert sich an Paganinis Aufenthalt in Dublin: Ich musste eine hübsche junge Dame zum Dinner begleiten, und sie wollte von mir wissen, ob die Geschichte, Paganini habe seiner Frau den Kopf abgeschnitten, wahr sei. Ich konnte ihr keine Antwort geben, also entgegnete ich: „Sie können auf jeden Fall beruhigt sein, dass er meinen und Ihren in Ruhe lassen wird."

Der Brillenträger Franz Schubert wurde von seinem engen Freund Moritz von Schwind besucht. Die Begrüßung war sehr unfreundlich. „Ich habe meine Brille verloren", jammerte Schubert. „Dann such sie halt", entgegnete Schwind. „Das sagst du so leicht. Ich kann sie doch erst suchen, wenn ich sie gefunden habe, weil ich sie ohne Brille nicht suchen kann."

Max Reger trug einige seiner Werke in kleinem Kreis vor. Nach dem Konzert sprach die Gastgeberin, die in dem Komponisten eine verwandte Sammlerseele wusste, fortwährend über ihre Sammlung von Musikantiquitäten und nannte dabei die erstaunlichsten Dinge wie den Knauf eines Spazierstocks von Franz Liszt oder eine Locke der Perücke Georg Friedrich Händels. Reger hörte gespannt zu und stellte fest: „Auch ich besitze einige wertvolle Stücke. Das Wertvollste ist jedoch ohne jeden Zweifel ein Loch aus der Zauberflöte von Wolfgang Amadeus Mozart."

Robert Schumann traf einen alten Freund nach längerer Zeit wieder. Sie begrüßten sich, um sich dann anschließend einige Stunden wortlos gegenüberzusitzen. Der Freund unternahm ob des Schweigens einige erfolglose Versuche, eine Unterhaltung zu beginnen, Schumann jedoch blieb wortkarg. Beim Abschied sagte der Freund: „Ich freue mich schon auf unser nächstes Treffen, da können wir uns weiter gegenseitig anschweigen."

William Hogarth: Chorgesang

Franz Liszt wurde nicht gerne zum Vorspielen genötigt. So soll er einmal bei einer solchen Gelegenheit, vom Drängen eines Gastgebers an den Flügel getrieben, ein perlendes Glissando von einem Ende der Klaviatur bis zum andern vollführt und mit den Worten: „So, mein Dinner ist bezahlt!", das Haus verlassen haben.

Ein aufstrebender Komponist übergab dem Dirigenten und Pianisten Hans von Bülow die Partitur seiner ersten Sinfonie mit der Bitte um Beurteilung. Einige Tage später suchte er den Meister auf und erkundigte sich: „Gefällt Ihnen mein Werk?" Boshaft versicherte von Bülow: „Aber natürlich, ich habe es schon immer geliebt!"

Arnold Schönberg sollte während seines Amerika-Exils eine Filmmusik komponieren. Begeistert erzählte der Regisseur von seinem Meisterwerk, welches Naturkatastrophen, Feuersbrünste, Verbrecherjagden, Volksaufstände, Massenkarambolagen und zahlreiche tragische Unglücksfälle enthalte. Während er sich ereiferte, fragte Schönberg leise: „Wozu braucht ein solcher Film denn noch Musik?"

Ein Verehrer von Johannes Brahms wollte ihn gerne persönlich kennenlernen. Der Komponist verließ gerade sein Haus, als der Besucher auf ihn zueilte. Brahms unterbrach ihn mit einer Notlüge: „Sie sind leider im Irrtum; ich bin nicht Johannes Brahms, sondern sein Bruder. Er selbst ist ausgegangen. Aber vielleicht können Sie ihn dort hinten auf dem Hügel noch einholen."

Ignaz Jan Paderewski traf sich 1919 in seiner Funktion als polnischer Premier mit dem französischen Präsidenten Clemenceau. Clemenceau fragte ihn: „Sind Sie mit dem berühmten Pianisten verwandt?“ „Ich bin der berühmte Pianist.“ Der Präsident schüttelte voller Mitleid seinen Kopf: „Vom gefeierten Pianisten zum Premierminister; was für ein Abstieg!“

Friedrich II., ein bekannter Freund der Künste, liebte die Gesellschaft des Philosophen Mendelssohn, des Großvaters des berühmten Komponisten. Ein Diplomat, neidisch darauf, einen gewöhnlichen Mann aus dem Volke an der Tafel des Fürsten sitzen zu sehen, wettete mit dem König, Mendelssohn würde auch den Fürsten selbst beleidigen, wenn er sich verletzt fühle. Man kam überein, einen Zettel mit den Worten Mendelssohn ist ein Ar... und der Unterschrift Friedrich II. auf dem Tisch zu „vergessen“ und die Reaktion des Philosophen abzuwarten. Beim nächsten Mahl fand Mendelssohn das Papier an seinem Platz und da er stark kurzsichtig war, musste er es zum Lesen sehr nahe an seine Augen halten. Die versammelte Gesellschaft, von der einige eingeweiht waren, konnte nicht umhin, die Nachricht zu bemerken. „Was ist los, Mendelssohn“, fragte der König scheinheilig „schlechte Nachrichten?“ „Oh, es ist nichts weiter.“ „Nicht? Sie sehen überrascht aus.“ „Nein es ist wirklich nichts.“ „Mendelssohn, als König befehle ich ihnen, die Nachricht vorzulesen.“ „Wenn Eure Hoheit befehlen, möchte ich sagen, dass sich jemand die Freiheit herausgenommen hat, einen ziemlich schlechten Witz über Eure Majestät zu machen, den ich wirklich lieber nicht ...“ „Mendelssohn, lassen Sie uns nicht länger warten! Was steht da?“ „Also hier steht: ‚Mendelssohn ist ein Ar..., Friedrich der zweite.‘“

F. Jüttner: Die „elektrische" Hinrichtung.
Aus „Der zerpflückte Strauß"

Richard Strauss weilte in Dresden. Seinen Verehrern war natürlich bekannt, dass der Meister sich mit Freunden im Hotel Belle Vue regelmäßig zu einer Skatrunde traf. Eine schlecht informierte Verehrerin hatte dies erfahren und suchte im Hotel nach dem Komponisten. Verzweifelt fragte sie schließlich einen Kellner: „Ist der Meister schon da? Er spielt doch immer hier!" Verständnislos lächelte der Kellner, während aus dem großen Saal leise die Klänge eines Orchesters herüberwehten. Die Dame fragte erneut: „Meister Strauss spielt doch heute hier, oder?" Da erklärte der Kellner würdevoll: „Gnädige Frau, Herr Strauss spielt leider nicht bei uns. Wir haben nämlich unsere eigene Kapelle!"

Ein junger Geiger bat Johannes Brahms, bei der Wiener Kritik Fürsprache für ihn einzulegen. Brahms kam dieser Anlass zu einem kleinen Ulk gerade recht. Er riet dem Virtuosen, ein Cafehaus aufzusuchen, in welchem der bekannte Kritiker Max Kalbeck verkehrte und empfahl: „Er sitzt dort häufig mit seiner Frau Mutter, die in allen Dingen großen Einfluss auf ihn hat. Ich werde Sie vorstellen. Während ich mit Herrn Kalbeck spreche, müssen Sie seiner Mutter Komplimente über ihren Sohn machen." Es geschah wie verabredet, aber obwohl der Geiger ständig neue Komplimente über ihren Sohn anbrachte, blieb Frau Kalbeck merkwürdig zurückhaltend. Nach einiger Zeit unterbrach sie den Geiger eisig: „Verzeihung, aber ich bin nicht die Mutter von Max Kalbeck, sondern seine Frau."

Eine wenig talentierte Gastgeberin sang zu Ehren des anwesenden Johannes Brahms deutsche Volkslieder. Bei dem Lied Wenn ich ein Vöglein wär' hörte man den gequälten Brahms leise mitsingen: „... und ich 'nen Kater hätt', den schickt' ich dir!"

Der Dirigent Albert Lortzing, der meistens völlig pleite war, wurde zu einem Hauskonzert eingeladen. Der Gastgeber begrüßte den Komponisten herzlich: „Seien Sie mir willkommen und fühlen Sie sich bei mir wie zu Hause!“ Mit gequältem Lächeln entgegnete Lortzing: „Dankeschön, aber ich hatte doch gehofft, es hier ein wenig besser zu haben!“

Von dem großen Pianisten und Lehrer Theodor Lechetitzky wird berichtet, er habe eines Morgens in seinem Unterrichtszimmer zwei Damen vorgefunden, die zu seiner Begrüßung weder aufstanden noch ein einziges Wort sagten. Leschetizky wartete eine Weile. Als immer noch keinerlei Reaktion erfolgte, winkte er mit den Händen und rief: „Auf!“ Beide erhoben sich. Er zeigte auf das Klavier und befahl: „Spielen!“ Eine der beiden spielte, woraufhin Leschetitzky auf die Tür zeigte und sagte: „Raus!“ Es muss wohl nicht erwähnt werden, dass die Damen niemals zurückkehrten.

Der alternde Franz Liszt speiste in vornehmer Gesellschaft. Da er mit der neumodischen Zuckerzange nicht zurecht kam, nahm er sich einfach mit den Fingern ein Stück Zucker aus der Dose. Daraufhin verlangte die Gastgeberin von einem Diener eine neue Zuckerdose. Liszt blieb still; aber als er seinen Tee getrunken hatte, warf er die Tasse wortlos aus dem Fenster hinaus und ging.

Für einen Auftritt auf der Party eines Chikagoer Großindustriellen bekam der Violinvirtuose Fritz Kreisler ein Honorar von dreitausend Dollar angeboten. Die Dame des Hauses versicherte dem Künstler: „Natürlich verstehe ich, wenn Sie sich anschließend nicht unter meine Gäste mischen wollen." Kreisler entgegnete: „In diesem Fall beträgt mein Honorar nur zweitausend Dollar."

Die Tochter des Hauses spielte eine Klaviertranskription der Unvollendeten von Franz Schubert. Danach fragte die Gastgeberin den anwesenden Komponisten Max Reger: „Wie hat Ihnen das Spiel meiner Tochter gefallen?" Reger erwiderte trocken: „Erstaunlich, gnädige Frau, so unvollendet habe ich die Unvollendete noch nie gehört!"

Anton Bruckner traf bei Freunden eine ehemalige, nicht besonders talentierte Schülerin wieder. Freundlich begrüßte er sie und wollte wissen: „Wie geht es Ihnen so? Musizieren Sie noch soviel wie früher?" Die Frau meinte bedauernd: „Leider nein. Ich bin inzwischen verheiratet und dreifache Mutter, da komme ich einfach nicht mehr zum Spielen." Bruckner nickte und sagte verschmitzt: „Kinder sind doch ein wahrer Segen!"

Ein General machte einmal den Kaiser Joseph darauf aufmerksam, dass Wolfgang Amadeus Mozart es an der Tafel des Königs an Etikette mangeln lasse. Der Monarch reagierte souverän: „Lasse Er mir den Mozart in Ruhe. Einen General kann ich alle Tage machen, einen Mozart jedoch nie wieder!"

Hans Pfitzner pflegte Tempo-Angaben in deutscher Sprache abzufassen. Ein Schüler überreichte ihm einst ein mehrsätziges Werk mit der Bitte um sein Urteil. Pfitzner studierte die Partitur kurz, aber intensiv und wies sodann auf die Tempoangabe des ersten Satzes mit den Worten: „Mein Urteil steht bereits hier: mäßig."

Franz Liszt sollte ein Konzert dirigieren, war aber in Verlegenheit, denn auf der Partitur, die er auf den Stuhl gelegt hatte, saß eine dicke Baronin. Liszt sagte zu ihr: „Verzeihung, aber die Partitur, auf der Sie sitzen, ist nicht für Blasinstrumente bestimmt."

Der humorige Violinvirtuose Fritz Kreisler wollte sich nach einer Probe einen kleinen Scherz mit einem Pfandleiher erlauben. Er betrat den Laden und bot seine kostbare Guarneri-Geige als Pfand an. Der Pfandleiher, der einiges von Kunst verstand, warf einen flüchtigen Blick auf das Meisterinstrument und zog sich mit einer Ausrede in den hinteren Teil seines Geschäftes zurück. Kurz darauf erschien er in Begleitung eines Polizisten wieder und forderte die Verhaftung Kreislers mit der Begründung: „Verhaften Sie sofort diesen Mann, er hat Fritz Kreislers Guarneri gestohlen!" „Sie sind wahrhaftig ein Kenner", lachte der Künstler, „ich selbst bin Fritz Kreisler, und das ist meine Geige!" „Das kann ja jeder behaupten, ich weiß nämlich, dass Fritz Kreisler jetzt auf einer Probe ist." „Nein", protestierte Kreisler, „diese Probe ist bereits zu Ende." Da drückte der Pfandleiher dem Verdächtigten Geige und Bogen in die Hand und befahl: „Spielen Sie!" Kreisler setzte seine Guarneri an und spielte. „Danke, das genügt!", sagte der Pfandleiher, der wirklich ein Musikkenner war, nach einigen Takten. „Ich bitte um Entschuldigung. Sie sind wirklich Fritz Kreisler."

Jacques Offenbach
franz. Karikatur

Franz Liszt spielte vor dem russischen Kaiser. Ausgerechnet bei einer Pianostelle wandte dieser sich mit einer lauten Bemerkung an seine Begleitung. Liszt unterbrach sofort sein Spiel und legte die gefalteten Hände in den Schoß. Als der Kaiser den Grund für die Unterbrechung erfragte, antwortete Liszt höflich: „Wenn die Fürsten sprechen, haben die Diener zu schweigen."

Ein Leipziger Ratsherr zeigte sich tief beeindruckt vom Orgelspiel Johann Sebastian Bachs: „Lieber Herr Bach, auf der ganzen Welt gibt es bestimmt niemanden, der die Orgel so beherrscht wie Sie. Verraten Sie mir das Geheimnis Ihres göttlichen Spieles." Bach wehrte bescheiden ab: „Es gibt da kein Geheimnis. Man muss nur zur rechten Zeit die rechten Tasten drücken, dann spielt die Orgel ganz von selber die allerschönste Musik."

Ludwig van Beethoven: „Als ich Herzog Rainer Unterricht geben sollte, ließ er mich im Vorzimmer warten, ich habe ihm dafür tüchtig die Finger auseinandergerenkt. Wie er mich fragte, warum ich so ungeduldig sei, sagte ich: Er habe meine Zeit im Vorzimmer verloren, ich könne nun mit der Geduld keine mehr verbringen. Er ließ mich nachher nicht mehr warten; ja ich hätts ihm auch bewiesen, dass dies eine Albernheit ist, die ihre Viehigkeit nur an den Tag legt. Ich sagte ihm: Einen Orden könnten sie einem wohl anhängen, aber darum sei man nicht um das geringste besser; einen Hofrat, einen Geheimrat können sie wohl machen, aber keinen Goethe, keinen Beethoven, also das, was sie nicht machen können und was sie selber noch lange nicht sind, davor müssen sie Respekt haben lernen, das ist ihm gesund."

In Wien wollte ein von sich sehr eingenommener Pianist unbedingt Ludwig van Beethovens Schüler werden. Beim Vorspiel griff er gar mächtig in die Tasten. Nach wenigen Takten unterbrach Beethoven sein Spiel mit den Worten: „Ich habe nicht soviel Zeit, um Sie so lange zu unterrichten, bis Sie sehen, dass Sie nichts können."

Johannes Brahms gab einem Schüler Anweisungen zur Interpretation eines Schubert-Liedes: „Zu dieser Komposition wurde Schubert durch den Gedanken an eine geliebte Frau inspiriert. Spielen Sie also entsprechend." Kurz nachdem der Schüler zu spielen begonnen hatte, winkte Brahms bereits ab. „Sie haben mich völlig falsch verstanden", sagte er, „es geht um eine Geliebte, nicht um die Schwiegermutter!"

Ein Freund Anton Bruckners wurde von der Haushälterin mit den Worten empfangen, der Meister sei heute äußerst ungehalten, weil ihm die vom Schneider gelieferte neue Hose nicht passe. Tatsächlich stand Bruckner mitten im Zimmer und zeigte wütend auf seine neue Hose: „Sehen Sie nur, das rechte Hosenbein ist viel zu lang, aber das linke viel zu kurz!" Der Gast beruhigte den Meister, korrigierte die unterschiedlich eingestellten Schnallen der Hosenträger, die Hose passte und glücklich umarmte Bruckner seinen Retter.

Georg Hellmesberger wurde von einem Freund vorgeworfen: „Na, mein Lieber, für dieses Werk hast du ja ganz schön von Mozart gestohlen!" Gelassen erwiderte Hellmesberger: „Das mag sein, aber weißt du etwa einen Besseren?"

Wie die meisten großen Künstler hasste es auch Frederic Chopin, wie ein Zirkustier ausgestellt zu werden. Als er einmal nach einem Essen vom Gastgeber mehr oder weniger genötigt wurde, Klavier zu spielen; spielte er eine kurze Komposition von einigen Sekunden und erhob sich wieder. „Aber Meister", fragte der Gastgeber, „nur so ein kurzes Stück?" Der verstimmte Chopin entgegnete: „Ich habe auch wirklich nur sehr wenig gegessen."

Der Tenor Leo Slezak verhandelte mit einem bekannten Opernhaus über einen Auftritt. Telegrafisch erhielt er das folgende Gagenangebot: „Hundert – Stop – Tausend Grüße." Slezak telegrafierte zurück: „Tausend – Stop – Hundert Grüße."

Ein Wiener Kleiderfabrikant, der sich selbst für einen begabten Pianisten hielt, wollte Hans von Bülows Urteil hören. Nachdem von Bülow ihm einige Zeit zugehört hatte, legte er seinen Arm um die Schulter des Möchtegern-Virtuosen und sagte: „Kein Zweifel: Sie gehören ins Gewandhaus!"

Johannes Brahms und der Arzt Professor Billroth spielten mit zwei Freunden ein Streichquartett. Anschließend fragte der Arzt den Komponisten: „Nun, was halten Sie von meinem Spiel?" Böse erwiderte Brahms: „Lassen Sie es mich so sagen, Herr Doktor: Ich werde mich niemals von Ihnen am Darm behandeln lassen!"

Frederic Chopin wurde häufig zum Vorspielen genötigt, auch wenn er selbst nicht in der Stimmung dazu war. Ein Neureicher, der vormals sein Geld als Schuhmacher verdient hatte, forderte ihn auf: „Sie brauchen gar nicht lange zu spielen, mein Lieber. So ein bisschen La-la-la genügt. Nur damit man sieht, wie's gemacht wird." Bei nächster Gelegenheit rächte Chopin sich. Er lud den ehemaligen Schuhmacher zu einem Abendessen in ausgewähltem Kreise ein. Nach dem Diner überreichte Chopin ihm einen Hammer, Nägel, Sohlenleder und einen alten Schuh und erklärte: „Wollen Sie uns nicht eine Probe Ihres Könnens geben? Sie brauchen ja nicht den ganzen Schuh zu besohlen. So ein bisschen Bum-bum-bum genügt. Nur damit man sieht, wie's gemacht wird!"

Ein Tenor sang den Freischütz von Carl Maria von Weber höchst mittelmäßig. In der Wolfsschluchtszene sang er: „Weh mir, ich kann nicht hinab!" Spottete der zufällig anwesende Joseph Hellmesberger: „Hinab kann er nicht, hinauf kann er nicht – und so was will ein Tenor sein!"

Eine Verehrerin wollte einmal von Johannes Brahms wissen: „Wie schreiben Sie bloß die langsamen Sätze Ihrer Sinfonien; diese herrlichen Stücke von überirdischer Schönheit?" „Höchst einfach", erwiderte Brahms, „Sehen Sie – meine Verleger bestellen die nämlich so!"

Während Busoni in Bologna gerade versuchte, eine hartnäckige Verehrerin loszuwerden, kam ein Freund zu Besuch. Busoni ergriff die Gelegenheit und drückte seinem Freund eine Zigarre in die Hand: „Hier hast du eine gute Zigarre!" Eine Flasche Wein folgte: „Und hier ist eine gute Flasche Wein!" Mit einem Seitenblick auf die unerwünschte Verehrerin: „Und hier ist gute Gesellschaft! Amüsier' dich gut!" Sprach's und verließ das Haus.

Carl Friedrich Zelter ging eines Tages hinter einem jungen Burschen her, der immerfort „Schöner, grüner, schöner, grüner Jungfernkranz“ sang, aber über diese wenigen Takte nicht herauskam. Das unvollständige Lied machte den Komponisten so nervös, dass er schließlich nicht mehr an sich halten konnte und weitersang: „Veilchenblaue Seide, veilchenblaue Seide!“ Da drehte sich der Junge um und fauchte erbost: „Wenn Sie den Jungfernkranz schon singen, dann fangen Sie ihn sich gefälligst selber an“.

Ein junger Komponist bat Johannes Brahms um ein strenges Urteil über seine erste Sinfonie mit den Worten: „Ich fühle mich geadelt, wenn ein weiser Mann mich tadelt.“ Brahms sandte die Partitur zurück: „Ich möchte Sie am liebsten sofort zum Großherzog machen!“

Hans Pfitzner, Komponist der Oper Der arme Heinrich wurde beim Essen nach einem Konzert fortwährend von einer Dame belästigt, die sich als seine Verehrerin ausgab, aber den Titel von Pfitzners Oper mit dem eines Romanes von Gottfried Keller verwechselte: „Ganz besonders liebe ich Ihre Oper Der grüne Heinrich!“ Pfitzner verzog keine Miene, bat aber seine Tischnachbarin: „Könnten Sie mir vielleicht den armen Salat anreichen!“

Ein junger Mann kam zu Johannes Brahms und wollte gerne bei ihm Klavierunterricht nehmen. Er spielte Brahms vor und erkundigte sich anschließend, ob er Talent habe. Brahms erwiderte rüde: „Ja, Sie haben Talent – aber nur sehr wenig!“

Brahms hörte auf einer Gesellschaft im Kreise mehrerer Künstler einem fürchterlich übertreibenden Dichter eine Zeit lang zu, verlor aber recht bald die Geduld. Der Dichter erzählte, dass er von einem Palast mit Marmorwänden, Alabastersäulen und golddurchwirkten Gobelins geträumt habe: „Plötzlich öffnete sich eine große, mit edlem Silberzierat und kunstvollen Holzschnitzereien verzierte Flügeltür. Klopfenden Herzens stand ich da. Eine unbeschreibliche Erregung hatte mich ergriffen. Und tatsächlich, da sehe ich in der Tür eine von purpurner Lichterflut umflossene nackte weibliche Erscheinung. Zu meiner grenzenlosen Verwunderung war die Gestalt nur daumengroß. Mir stockte der Atem ..." „Weil sie so klein war?", erkundigte sich Brahms und löste mit seiner nüchternen Bemerkung allgemeines Gelächter aus.

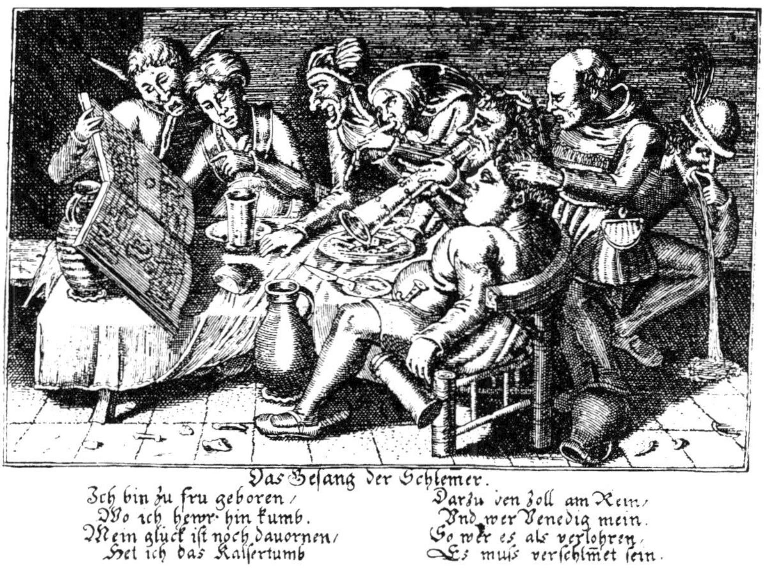

Kupfer von Peter Rollos aus „Vita Corneliana"; um 1630.

Anlässlich eines Geburtstages spielten musikbegeisterte Freunde des Hauses ein Streichquartett. Beim Abendessen fragte der zweite Geiger den neben ihm sitzenden Pianisten Moriz Rosenthal, wie ihm das Konzert gefallen habe. „Vortrefflich!" log Rosenthal. „Waren denn unsere Tempi Ihrer Meinung nach richtig?" „Aber ja", meinte Rosenthal, „und ganz besonders Ihr Tempo!"

Der von den Nazis verfolgte Komponist Arnold Schönberg wurde während seines Exils in Amerika zu einer Hollywood-Party eingeladen. Eine Managerin sprach den Komponisten an: „Mister Schönberg, ich hörte, Sie sind Komponist. Was war denn Ihr letzter Hit? Ach, spielen Sie uns doch einen Ihrer Songs vor!" Fluchtartig verließ der missverstandene Komponist und Schöpfer der Zwölftonmusik die Party.

Ein Wiener Adeliger hatte Ludwig van Beethoven als Klavierlehrer für seine Tochter engagiert. Das Mädchen wünschte sich von ihrem Vater, den bewunderten Lehrer doch einmal zum Essen einzuladen. Mit entsetzter Stimme lehnte der Vater ab: „Mach' dich nicht lächerlich, mein Kind! Ein Klavierlehrer an unserem Tisch!"

Franz Liszt besuchte Rossini in seiner Kemenate und hämmerte heftig auf dem kleinen Pleyel-Piano herum. Als er fertig war, sagte Rossini: „Das andere gefällt mir besser." „Welches andere?" fragte der überraschte Liszt. „Na, Haydns Chaos in der Schöpfung", entgegnete Rossini.

Der Klaviervirtuose Moriz Rosenthal war ein gewandter und lustiger Erzähler, der seine Freunde oft stundenlang mit seinen Späßen und Geschichten unterhielt. Ein wohlhabender Bürger hörte dies und lud Rosenthal deshalb zu einer Gesellschaft ein. Bereits nach kurzer Zeit hatte sich eine kleine Menschentraube um Rosenthal gebildet und lauschte fasziniert seinen Späßen und Geschichten. Ein Gast, der Rosenthal als gefeierten Klavierspieler kannte, bat um eine Probe seines pianistischen Könnens. Verblüfft rief der Gastgeber: „Was, Klavier spielen können Sie auch noch?“

Eine stolzgeschwellte Mutter fragte Hans von Bülow: „Herr Professor, meinen Sie nicht, man müsste eine so herrliche Stimme wie die meiner Tochter unbedingt ausbilden lassen?“ Er entgegnete: „Ich würde Ihnen eher dazu raten, Ihre Tochter in einem Kolonialwarengeschäft unterzubringen.“ „Wie meinen Sie denn das?“ „Weil das Fräulein Tochter Rosinen im Kopf und saure Mandeln im Hals hat.“

Johannes Brahms spielte im Freundeskreis seine Cello-Sonate mit einem Cellisten, der dem schwierigen Werk in keiner Weise gewachsen war. Verärgert über das schlechte Spiel des Cellisten spielte Brahms seinerseits den Klavierpart lauter und lauter. In einer kurzen Pause des Cellos flüsterte der Cellist Brahms zu: „Spiel doch leiser, ich höre mich ja selbst nicht mehr.“ Brahms entgegnete: „Du Glücklicher!“

J. P. Lyser: Beethoven

Gegen ein hohes Honorar erklärte Enrico Caruso sich bereit, ein Hauskonzert bei einem Milliardär zu geben. Groß war sein Erstaunen, als er statt des erwarteten Kreises erlauchter Kunstkenner nur den Hausherren selbst und seinen Dackel vorfand. Als echter Profi stimmte Caruso auch für dieses Publikum eine Bravour-Arie an. Kaum waren die ersten Töne erklungen, fing der Dackel wütend zu bellen an. Caruso brach sein Stück verwirrt und ärgerlich ab. Doch der Milliardär trat auf ihn zu, überreichte ihm das vereinbarte Honorar und meinte: „Danke, Meister, aber ich musste einfach wissen, ob mein Hund auch dann bellt, wenn der große Enrico Caruso singt."

Ein Bewunderer von Richard Strauss zum Komponisten: „Ihre Alpensinfonie ist großartig. Im zweiten Satz gibt es eine Stelle, wo es mir eiskalt über den Rücken läuft. Was bedeutet diese Stelle?" Strauss lächelnd: „Das ist die Stelle, wo dem Kurgast die Hotelrechnung vorgelegt wird!"

Der berühmte Pianist Moriz Rosenthal musste wieder einmal das unzulängliche Klavierspiel einer jungen Dame aus gutem Hause ertragen. Sie dehnte Chopins Minutenwalzer in unerträglichem Maße. Nach ihrem Vortrag bat sie Rosenthal um sein kritisches Urteil. Doppeldeutig bemerkte Rosenthal: „Mein liebes Fräulein, das war eine ganz reizende Viertelstunde!"

Ein ehrgeiziger Klavierschüler spielte Eugen d'Albert in einem völlig unsinnigen Tempo und ohne einen Funken Ausdruck ein hochvirtuoses Klavierstück vor. Daraufhin sagte d'Albert: „Phänomenal! So schnell wird Ihnen das keiner nachspielen!"

Nach einer Konzertreise durch Italien gab Franz Liszt in Wien ein Wohltätigkeitskonzert. Beim anschließenden Empfang erkundigte sich die Gastgeberin: „Hat Ihnen Italien gefallen und haben Sie dort gute Geschäfte gemacht?" „Italien ist ein herrliches Land, Durchlaucht", erwiderte Franz Liszt mit eleganter Würde, „und ich habe dort gute Musik gemacht."

Robert Schumann pflegte sich bei Konzerten seiner Gattin, der gefeierten Klaviervirtuosin Clara Wieck, gerne bescheiden im Hintergrund zu halten. Nach einem Hauskonzert, in dem Clara Schumann auch Werke ihres Mannes vortrug, unterhielt sich der Gastgeber mit der Künstlerin und machte ihr Komplimente. Dann wandte er sich höflichkeitshalber an Robert Schumann: „Sie sind also der Gatte unserer hochverehrten Virtuosin, die uns heute so beglückt hat. Sind Sie auch musikalisch?"

Kapitel 5

Im Konzertsaal

Als Thomas Beecham einmal in Zürich dirigierte, wollte er sein Orchester mit seinen Deutschkenntnissen beeindrucken und begrüßte sie: „Meine Weiber und Männer!“

Hans von Bülow soll bei den Proben zu Die Hugenotten von Giacomo Meyerbeer die ihm zu wild agierenden Sänger einer Chorszene so zur Ordnung gerufen haben: „Meine Herrschaften, gestikulieren Sie doch bitte nicht so wild beim Singen, wir spielen Die Hugenotten und nicht Die Hottentotten!“

Otto Klemperer klopfte die Orchesterprobe einer Bruckner-Sinfonie ab, weil ihm zwei Hornisten auffielen, die miteinander flüsterten: „Ich glaube, wir müssen einen Moment pausieren, bis diese Herren ihre Unterhaltung beendet haben.“

Eine Sopranistin beklagte sich, sie habe ihren Einsatz in Massenets Don Quichote verpasst „weil Mr. Chaliapin immer zu früh stirbt.“ „Madame, Sie müssen sich täuschen“, entgegnete Sir Beecham „für mich ist noch kein Opernstar auch nur halbwegs früh genug gestorben.“

Der bekannte Geiger und Komponist Fritz Kreisler ging mit einem Freund spazieren. Gedankenverloren hielt er vor einem Fischgeschäft an und blickte auf die Fische in der Auslage mit ihren leeren Augen und den offenen Mäulern. Plötzlich ergriff er seinen Freund am Arm. „Um Gottes willen, ich hätte beinahe vergessen, dass ich heute abend ein Konzert geben muss!“

Der Pianist Arthur Rubinstein entdeckte einmal während eines Konzertes eine friedlich schlummernde Dame in der ersten Reihe. Der donnernde Beifall am Ende des Stückes weckte sie sehr unsanft und sie schreckte hoch. Der Künstler beugte sich vor und entschuldigte sich bei ihr: „Madame, daran ist nur das heftige Klatschen schuld! Ich habe so pianissimo wie nur möglich gespielt!"

Auf einer Irland-Reise wurde Georg Friedrich Händel einige Tage aufgehalten. Da er trotz der unfreiwilligen Pause keine Zeit verschwenden wollte, wandte er sich an den Organisten des Städtchens mit der Frage nach einigen Choristen, die vom Blatt singen könnten. Der Organist schlug mehrere Sänger vor; unter anderem auch einen Buchdrucker, der eine schöne Bass-Stimme hatte. Bei den Proben versang dieser sich jedoch so eklatant, dass Händel ihn ärgerlich anfuhr: „Du Schuft, hast du nicht gesagt, du könntest vom Blatt singen?" Der Bassist entgegnete schüchtern: „Das kann ich ja auch, aber doch nicht direkt beim ersten Mal."

Aaron Coplands 1. Sinfonie, die einen Orgelpart für Nadia Boulanger enthielt, wurde bei der Uraufführung 1925 in New York wenig enthusiastisch aufgenommen. Als der Dirigent Walter Damrosch am Ende der Aufführung Pfiffe und Buhrufe vernahm, drehte er sich zum Publikum um: „Wenn ein junger Mann von dreiundzwanzig eine solche Sinfonie komponieren kann, wird er in fünf Jahren zu allem fähig sein."

Ein Sinfonieorchester probte eine moderne Komposition. Die Musiker machten aus ihrer Abneigung kein Hehl. Gelassen erklärte der Komponist: „In fünfzig Jahren wird man meine Musik überall aufführen und verstehen." Darauf entgegnete ein Musiker ironisch: „Und warum müssen wir sie dann heute schon spielen?"

Der australische Pianist Percy Grainger war ein athletischer Mann und pflegte häufig von Konzert zu Konzert zu laufen. Bei seiner ersten Konzert-Tournee durch Südafrika vertat er sich bei der Entfernung zum nächsten Auftritt, so dass die Zuhörer ihre Plätze bereits eingenommen hatten, als Graingers Freunde, die den Horizont mit Ferngläsern absuchten, eine Staubwolke wahrnahmen. Sie stammte von einer Gruppe von Zulu-Kriegern, die sich zusammen mit Grainger der Stadt in schnellem Trab näherten ...

Die große Länge der aktiven Karriere des Geigers Joseph Joachim war ohne Zweifel verantwortlich für den absurden Fehler eines Verehrers, der nach einem erfolgreichen Konzert zu ihm sagte: „Erlauben Sie mir, ihnen zu diesem Konzert zu gratulieren. Ihr Spiel war großartig, wenn auch nicht ganz so gut wie das ihres Vaters, des großen Joachim, den ich vor vielen Jahren zu hören die Ehre hatte." Joachim antwortete, das müsse wohl er selbst gewesen sein, denn sein Vater, ein einfacher Wollhändler, habe zeitlebens keine Violine in der Hand gehalten. Der Bewunderer verließ den Raum, vor sich hinmurmelnd: „Das ist alles falsch, es war wohl sein Vater, den ich gehört habe."

Eine Probe an der Wiener Staatsoper musste wegen technischer Probleme unterbrochen werden. Gustav Mahler, der dirigierte, verlor sich während des Wartens in seinen Gedanken und überhörte auch die Aufforderung, mit der Probe fortzufahren. Als es ringsherum plötzlich still wurde, schreckte Mahler aus seinen Gedanken auf, klopfte mit seinem Taktstock auf das Dirigentenpult und meinte zerstreut: „Herr Ober, die Rechnung bitte!"

Der Pianist Artur Schnabel probte eines der Beethoven'schen Klavierkonzerte mit Otto Klemperer in Los Angeles. Unzufrieden mit Klemperer begann er, dem Orchester seine gewünschten Tempi vom Klavier aus anzugeben. Als der Dirigent das merkte, brach er die Probe ab und sagte zu seinem Solisten: „Schnabel! Hier ist der Dirigent!" „Ich weiß", entgegnete Schnabel, „und hier ist der Solist; aber wo ist Beethoven?"

Bei den Proben zu Les Paladins sagte Rameau einer der Sängerinnen mehrmals, sie möge eine bestimmte Air schneller singen. „Aber wenn ich es so schnell singe, werden die Zuhörer die Worte nicht verstehen", sagte die Sängerin. „Das ist völlig egal", entgnete Rameau „ich will nur, dass sie meine Musik hören."

Ein berühmter Dirigent konnte zwei Bratschisten, die sich ein Pult teilten und Meier und Müller hießen, nicht leiden. Als er eines Morgens die Konzerthalle betrat, kam ihm der Orchestervorstand mit ernstem Gesicht entgegen: „Ich muss Ihnen die traurige Mitteilung machen, dass unser Kollege Meier vom dritten Bratschenpult heute nacht verstorben ist." Darauf der Dirigent: „Und was ist mit Müller?"

Bei einem Konzert von Beethovens Klavierkonzert G-Dur mit dem Pianisten Alfred Cortot ging alles fürchterlich daneben. Der Dirigent, Sir Thomas Beecham sagte später: „Herr Cortot begann, den Beethoven zu spielen, also dirigierte ich den Beethoven. Dann spielte er Schumann, also dirigierte ich Schumann. Er spielte weitere verschiedene Konzerte. Ich dirigierte mit, solange ich die Werke kannte. Dann begann er mit einem Konzert, das mir unbekannt war, also musste ich aufgeben."

Toscanini sollte nach einer Aufführung feierlich ein Blumenkranz überreicht werden. Lächelnd lehnte er ab: „Sowas schickt man Primadonnen oder Leichen. Ich bin keines von beiden."

Franz Stassen: Josef Joachim

Joseph Haydn dirigierte eine seiner Sinfonien in London. Die Zuhörer drängten sich an die Orchesterbrüstung, um einen Blick auf den berühmten Komponisten zu erhaschen. Die Mitte des Saales war deshalb beinahe leer, als sich in ebendiesem Moment der riesige Kronleuchter aus seiner Verankerung löste und auf dem Hallenboden aufschlug; an einer Stelle, wo sich wenige Augenblicke zuvor noch Menschenmassen gedrängt hatten. Haydn meinte später in Erinnerung an diesen Vorfall: „Irgendetwas muss meine Musik wohl doch wert sein; auf jeden Fall hat sie vielen Menschen das Leben gerettet."

Hans Knappertsbusch wurde zeitlebens unterstellt, kein großer Freund langer Proben zu sein. Von ihm wird erzählt, er sei zur Probe einer Beethoven-Sinfonie, welche er abends dirigieren sollte, mit folgenden Worten erschienen: „Sie kennen das Werk, ich kenne das Werk. Auf Wiedersehen heute abend!"

Paul Hindemith studierte Bach mit einem bekannten deutschen Orchester. Die Streicher spielten uneinheitlich, ohne Vibrato oder dynamische Variation. Nach einigen Minuten stoppte Hindemith die Probe und bat um einen schöneren Klang. Er erhielt zur Antwort: „Wir entstammen der Bach'schen Tradition und das ist genau der Stil, so ist es richtig." Sanft antwortete Hindemith: „Ich weiß nicht, wie Bach ohne Vibrato so viele Kinder haben konnte."

Richard Strauss wurde bei den Proben zu seiner Oper Die Frau ohne Schatten von der damaligen Hauptdarstellerin Berta Morena gefragt: „Haben Sie sich diese Stelle mehr lyrisch oder eher dramatisch gedacht, Meister?“ Strauss, der nichts mehr hasste als Diskussionen während seiner künstlerischen Arbeit, antwortete trocken: „Wissen Sie, wenn ich gewollt hätte, dass es lyrisch klingt, dann hätte ich es in die Klarinettenstimme geschrieben.“

Franz Liszt dirigierte ein Provinzorchester. Der Oboist blies viel zu laut, was Liszt zu ständigem Abklopfen zwang. Als er endlich die Geduld verlor, schrie er den Oboisten an: „Können Sie denn nicht piano blasen?“ Der Oboist entgegnete: „Glauben Sie, ich wäre hier, wenn ich piano blasen könnte?“

Francesca Cuzzoni, eine der großen Primadonnen der Barock-Oper, war für ihre Starallüren und Boshaftigkeiten gefürchtet. Ein Streit mit Georg Friedrich Händel, dem damaligen Leiter der Londoner Oper, war vorauszusehen. Während einer Probe zu seiner Oper Ottone gerieten Händel und die Cuzzoni dermaßen aneinander, dass die Primadonna sich zuguterletzt weigerte, überhaupt zu singen. Das erboste den temperamentvollen Händel so sehr, dass er die schmächtige Primadonna kurzerhand packte und sie zum Fenster trug. Einige der anwesenden Musiker konnten ihn im letzten Moment davon abhalten, sie aus dem Fenster zu werfen. Wütend setzte er die Sängerin wieder ab und schrie sie an: „Ich weiß sehr wohl, dass Sie der leibhaftige Teufel sind – aber glauben Sie mir, ich bin Beelzebub, der Herr aller Teufel, und hier gilt einzig und allein mein Wille!“ Zu Tode erschrocken gab die Cuzzoni nach und sang.

Der Dirigent Felix Mottl sollte in Wien Wagners Tristan und Isolde dirigieren. Am selben Abend gab ein mittelmäßiger Sänger einen Liederabend mit seinen eigenen Kompositionen. Joseph Hellmesberger soll bei dieser Gelegenheit das folgende Bonmot geprägt haben: „Ich kann mich nicht entscheiden, höre ich unter Mottl den Tristan oder höre ich mir von dem Trottel den Mist an?"

Eine junge Pianistin hatte sich auf den Plakaten für ihr Berliner Konzert als „Schülerin von Franz Liszt" bezeichnet, in der Hoffnung, so ein größeres Publikum anzuziehen. Da sie Liszt überhaupt nicht kannte, war sie entsetzt, am Tag des Konzerts in der Zeitung von der Ankunft des Meisters in Berlin zu lesen. Nun blieb ihr nur noch die Flucht nach vorn. Sie besuchte Liszt in seinem Hotel und beichtete alles. Liszt ließ sich von ihr zeigen, was sie zu spielen beabsichtigte, schaute ihr beim Spielen zu und gab ihr einige Hinweise. Dann entließ er sie mit den Worten: „Jetzt meine Liebe, können Sie sich wirklich als Schülerin von Franz Liszt bezeichen."

Ende der 30er Jahre gab der Geiger Jascha Heifetz ein Konzert in London. Nach dem Konzert erwies der Virtuose dem anwesenden Königspaar mit einer tiefen Verbeugung seine Referenz. Die Königin lächelte ihn huldvoll an, woraufhin Heifetz zurücklächelte. Am nächsten Morgen erschien ein Bote, der die Aufforderung des Königs überbrachte, er wünsche Heifetz umgehend zu sprechen. Heifetz verteidigte sich tapfer: „Selbstverständlich folge ich der Aufforderung, aber ich schwöre: Die Königin hat mit dem Lächeln angefangen!"

Ein wohlhabender Musikliebhaber war taub geworden und litt sehr darunter, keine Musik mehr hören zu können. Als alle anderen Mittel versagten, versuchte ein Arzt eine ungewöhnliche Behandlung: „Begleiten Sie mich heute in die Oper", schrieb der Doktor. „Warum? Ich kann ja keinen Ton hören", war die unfreundliche Antwort. „Lassen Sie das einmal meine Sorge sein", entgegnete der Arzt „begleiten Sie mich einfach und Sie werden sehen." Also gingen die beiden ins Theater, wo sie eine Oper von Spontini hörten, deren Finale an diesem Abend ungewöhnlich laut war. Bei den letzten Tönen drehte der Patient sich zu seinem Arzt um und rief erfreut: „Ein Wunder, Herr Doktor, ich kann wieder hören." Da er keine Anwort erhielt, wiederholte der glückliche Patient: „Sie haben mich kuriert, Herr Doktor!" Ein verständnisloser Blick war die Anwort, der Arzt war taub.

Otto Klemperer verzweifelt zum Orchester: „Das Schwarze sind die Noten, das Weiße ist das Papier."

The charming brute
Englische Karikatur auf G. Fr. Händel; 1754

Ein Hornist beklagte sich anlässlich der Proben zu einem neuen Werk bei Richard Strauss: „Diese Stelle hier kann ich nicht spielen. Das kann man vielleicht auf dem Klavier spielen, aber niemals auf dem Horn!" Der Komponist versicherte schmunzelnd: „Seien Sie beruhigt, auf dem Klavier geht es auch nicht."

Bei seiner Aufführung 1926 in Köln sorgte das Ballett Der wunderbare Mandarin von Bela Bartok für großen Aufruhr. Die Zuhörer schrien, warfen mit Stinkbomben und versuchten die Musik zu übertönen. Nach der chaotischen Aufführung kam Bartok in das Zimmer des Dirigenten Eugen Szenkar, dessen Rücktritt der damalige Kölner Oberbürgermeister Konrad Adenauer gerade verlangt hatte, und sagte zu ihm: „Eugen, auf Seite 34 steht ein mezzoforte für die zweite Klarinette. Ich konnte sie nicht hören. Könntest du bitte ein forte daraus machen?"

Ein deutscher Fürst sagte einmal nach einem erfolgreichen Konzert jovial zu Franz Liszt: „Mein lieber Freund, Sie haben ganz reizend gespielt." Liszt schluckte seinen Unmut über diese verniedlichende Aussage hinunter und wartete auf die Gelegenheit für eine Retourkutsche. Als er gefragt wurde, wie es ihm im Fürstentum gefalle, entgegnete er spöttisch: „Wundervoll, denn Eure Königliche Hoheit regieren ja wirklich auch ganz reizend!"

Bei einer Probe der Walküre soll Hans Knappertsbusch einen Hornisten, der einen kompletten Takt zu früh einsetzte, abgekanzelt haben: „Was machen Sie eigentlich beruflich?"

Ein Mailänder Theater verlangte aufgrund einer Notlage innerhalb von zwei Wochen eine neue Oper von Gaetano Donizetti. Auf den Vorschlag, ein bereits existierendes Werk eines anderen Komponisten umzuarbeiten, reagierte Donizetti ärgerlich: „Machen Sie sich über mich lustig? Ich bin es nicht gewohnt, meine eigenen alten Opern umzuarbeiten; noch viel weniger die eines anderen! Ich werde Ihnen in vierzehn Tagen eine neue Oper schreiben. Schicken Sie mir Felice Romani." Zu dem bekannten Librettisten sagte er: „Ich gebe Ihnen eine Woche für den Text. Er muss in vierzehn Tagen vertont sein. Lassen Sie uns sehen, wer von uns Mut hat!" Die Frucht dieser Herausforderung war die Oper Der Liebestrank.

Hans Pfitzner soll sich einmal bei einer Probe über eine zwar sehr hübsche, aber weniger musikalische Sängerin geärgert haben: „Die kann nicht mal die Tonarten unterscheiden! Sie kennt weder A-Moll noch A-Dur; sie kennt nur A-mour!"

Der französische Dirigent Pierre Monteux dirigierte normalerweise nicht auswendig, was dem damaligen Trend zuwiderlief. Befragt, warum er eigentlich nur nach der Partitur dirigiere, meinte er: „Ich bin doch der einzige, der noch in der Lage ist, nach einer Partitur zu dirigieren."

Max Reger wurde vor einer Konzertreise in das von Unruhen geschüttelte Petersburg gewarnt: „Herr Reger, passen Sie auf, dass der Saal nicht voller Bomben ist." Meinte Reger: „Wenn der Saal nur bombenvoll ist!"

Bei einer Orchesterprobe mit Toscanini meldete sich der erste Klarinettist und erklärte, dass an seinem Instrument die B-Klappe kaputt sei. Toscanini warf einen kurzen Blick auf den Probenplan und meint: „Sie können alles mitspielen. In keinem der Stücke von heute hat die Klarinette ein B." Und es stimmte.

Gioacchino Rossini musste im Freundeskreis die Künste einer schlechten Sängerin ertragen, die eine seiner Arien vorzutragen gedachte. Vorher flüsterte sie dem Komponisten zu: „Ich habe ja solche Angst!" „Und ich erst!" erwiderte Rossini trocken.

Bei einer Probe wurde Sibelius' 2. Sinfonie mit nur zwei Trompeten gespielt, da der dritte Trompeter erkrankt war. Plötzlich stand der anwesende Komponist mit den folgende Worten auf: „Ich kann nur die Trompete hören, die nicht da ist, und ich halte das nicht mehr aus." Sprach's, drehte sich um und verließ die Probe.

Toscanini probte mit einer Sängerin, die ihm nichts recht machen konnte. Nach zahlreichen Unterbrechungen und Korrekturen durch den perfektionistischen Dirigenten verlor sie die Nerven und schrie: „Falls Sie es nicht wissen sollten: Ich bin keine Anfängerin, sondern eine weltberühmte Primadonna!" Toscanini boshaft: „Sie können ganz beruhigt sein, ich verspreche Ihnen, dieses Geheimnis wird für immer unter uns bleiben!"

In Richard Strauss' Alpensinfonie gibt es ein Violinsolo, das stark an das Adagio des Violinkonzertes von Max Bruch erinnert. Nach der Uraufführung des Werkes fragte Strauss seinen stets kritischen Kollegen Hans Pfitzner, was er diesmal auszusetzen habe. Pfitzner beteuerte: „Gar nichts; es war eine eindrucksvolle bergsteigerische Leistung, aber vor dem Gipfel hätten Sie sich um ein Haar einen Bruch geholt."

Thomas Beecham: „Jeder Dirigent ist ein verkappter Diktator, der sich glücklicherweise mit Musik begnügt."

Während Gustav Mahlers Zeit als Direktor der Wiener Hofoper hatten viele der altgedienten Musiker beträchtliche Nebeneinahmen als Kammermusiker, Solisten oder Privatlehrer. Natürlich wehrten diese Musiker sich heftig gegen den manchmal übereifrigen Mahler, für den es völlig normal war, die Probenzeiten beträchtlich zu überziehen. Als dies wieder einmal geschehen war, beschwerte sich einer der Musiker bei Mahler: „Wo soll ich denn bei diesen langen Proben die Zeit für meine Privatstunden hernehmen?" Mahler entgegnete verständnisvoll: „Keine Bange, ich werde dafür sorgen, dass Sie bald viel Zeit für Ihre pädagogischen Bestrebungen haben."

Otto Klemperer unterbrach wütend die Orchesterprobe und brüllte: „Die zweite Trompete spielt viel zu laut." Darauf rief der erste Trompeter beleidigt: „Verzeihung – der zweite Trompeter ist noch gar nicht hier!" Klemperer schlagfertig: „Na dann richten Sie's ihm aus, wenn er eintrifft!"

Wilhelm Furtwängler soll bei einer Probe das versammelte Orchester gefragt haben: „Sehr schön, meine Herren, geht's nicht noch schöner?"

Ein Klarinettist hatte Schwierigkeiten mit einer heiklen Passage. Der dirigierende Hans Richter klopfte ab und sang ihm die Stelle vor. Auch der nächste Versuch ging schief. Wieder klopfte Richter ab und sang ihm die fragliche Stelle noch einmal vor. Auch der nächste Versuch misslang. Da fragte Richter höhnisch: „Sie hören mich wohl gerne singen?"

Der Dirigent Pierre Monteux studierte mit einem berühmten Sinfonieorchester Till Eulenspiegels lustige Streiche von Richard Strauss ein. Es gab keinerlei Probleme bei der Probenarbeit, aber Monteux war trotzdem nicht zufrieden. Alles schien ihm zu glatt und routiniert. Er schüttelte den Kopf, lächelte höflich und meinte: „Ich weiß, dass Sie dieses Stück im Schlaf und sogar rückwärts spielen könnten, aber so möchte ich es nicht."

Die französische Opernsängerin Madeleine-Sophie Arnould faszinierte ihr Publikum noch in einem Alter, in dem andere Sängerinnen ihre aktive Karriere längst beendet haben. Trotz nachlassender Stimme begeisterten ihr Charisma, ihre Rollengestaltung und ihre Vortragskunst ein ihr treu ergebenes Publikum. Auch der Komponist Christoph Willibald Gluck gehörte zu ihren Bewunderern und sagte anlässlich einer Aufführung von Orpheus und Eurydike galant: „Sie ist hinreißend. Sie hat das schönste Asthma, das ich in meinem Leben gehört habe."

Richard Strauss hatte die liebenswerte Marotte, nur mit seinem eigenen Taktstock zu dirigieren. Als er ihn bei einem Gastspiel jedoch einmal vergessen hatte, griff er zu einem auf dem Pult liegenden Stab. Dieser Stab gehörte dem ständigen Kapellmeister, von dem die Orchestermusiker nicht allzu begeistert waren. Als Richard Strauss den Taktstock ergriffen hatte, sprang der Konzertmeister auf und rief: „Herr Doktor, nehmen Sie den bitte nicht! In dem ist kein Rhythmus!"

Bei einer Probe zu Carmen soll Sir Thomas Beecham einen laut brüllenden Sänger zur Raison gerufen haben: „Wollen Sie sich bitte daran erinnern, dass Sie für die Rolle des Toreros engagiert sind und nicht für den Stier!"

Georg Friedrich Händel pflegte während seiner Aufführungen am Opernhaus in London das Orchester, am Cembalo sitzend, stets selber zu dirigieren. Häufig war das Publikum vom begleitenden Cembalospiel des Komponisten so gefesselt, dass es alles andere – auch die Sänger – vergaß. Besondere Probleme gab es mit einem sehr von sich selbst eingenommenen Tenor, der auf Händel schimpfte und drohte, er werde bei der nächsten Aufführung von der Bühne auf das Cembalo springen. Freunde erzählten Händel von dieser Drohung, und bei der nächsten Probe sagte er zu dem Sänger: „Ich habe gehört, Sie wollen von der Bühne auf mein Cembalo herunterspringen. Bitte sagen Sie mir doch vorher Bescheid, an welchem Abend Sie dieses Kunststückchen aufführen werden, damit ich es auf dem Theaterzettel bekanntmachen und durch Ihre Sprünge sicherlich mehr Geld verdienen kann als durch Ihren Gesang!"

Gustav Doré: Ein Konzert der philharmonischen Gesellschaft
„Journal pour rire" 1850

Thomas Beecham wurde auf dem Weg zu einer Probe in der Londoner Albert Hall von einem jungen Mann angerempelt, der sich nicht entschuldigte, sondern in etwas rüdem Ton nach der Toilette fragte. Beecham erklärte ihm den Weg und ergänzte: „Dann kommen zwei Türen. Auf der einen steht „For Ladies", da gehen Sie nicht hinein; auf der anderen „For Gentlemen"; da dürfen Sie trotzdem hineingehen."

Während der Proben zu Bruckners 6. Sinfonie wollte der Dirigent Hans Richter ein Problem mit dem anwesenden Komponisten klären. „Was soll das für ein Ton sein, Meister, ein F oder ein Fis?" Bruckner antwortete eingeschüchtert: „Was immer Sie wollen, was immer Sie wollen!"

Wilhelm Furtwängler war für seinen hektischen und fahrigen Stil weltbekannt. Als er einmal ein Orchester leitete, das mit dieser Eigenart nicht vertraut war, ging schon der erste Tutti-Einsatz daneben. Daraufhin der Konzertmeister vorsichtig: „Bei welchem Zacken Ihrer Blitze sollen wir einsetzen?"

Zwei Damen machten sich auf den Weg zu ihren Sitzen, als Hans von Bülow gerade die Einleitung der Pathétique von Beethoven beendet hatte. Das ärgerte ihn so sehr, dass er das Allegro absichtlich in einem so lächerlich langsamen Tempo begann, dass der Bass genau mit den Schritten der Damen korrespondierte. Wie auf heißen Kohlen gingen die Damen immer schneller zu ihren Plätzen, während von Bülow auch sein Tempo entsprechend steigerte. Erst als sie sich hingesetzt hatten, spielte er das Allegro im richtigen Tempo weiter.

Nach einer brillanten Aufführung von Beethovens 9. Sinfonie in Hamburg bat Hans von Bülow das Publikum um Ruhe: „Genauso wie Sie, meine Damen und Herren, bin ich überwältigt und tief berührt von Ihrer Begeisterung für dieses Meisterwerk. Sicher ist es also auch in Ihrem Sinn, wenn ich es jetzt und hier direkt noch einmal aufführe." Als einige der Zuhörer daraufhin den Saal verlassen wollten, bat er alle, sitzenzubleiben; er habe die Ausgänge verschließen lassen ...

Die heimatliche Presse forderte während des ersten Weltkrieges den englischen Dirigenten Sir Thomas Beecham immer wieder auf, die Werke deutscher Komponisten aus seinem Programm zu streichen. Beecham erwiderte: „In der Londoner National Gallery hängen wundervolle Gemälde deutscher Meister. Erst wenn diese Bilder öffentlich verbrannt werden, werde ich aufhören, die Meisterwerke deutscher Komponisten aufzuführen."

Eine Wiener Kapelle spielte als Geburtstagsständchen zum 50. Geburtstag von Richard Strauss den Rosenkavalier-Walzer. Der Komponist bedankte sich: „Sie haben großartig gespielt!" Der Kapellmeister strahlte und erwiderte: „Herr Generalmusikdirektor, es freut mich sehr, dass es Ihnen gefallen hat. Wissen Sie; komponieren kann das ja jeder, aber sowas spielen, das ist eine Sauarbeit."

Sir Thomas Beecham leitete in London eine Aufführung von Beethovens Fidelio. Rechtzeitig hatte sich ein Trompeter hinter die Kulissen begeben, um von dort das Trompetensignal der dritten Leonoren-Ouvertüre zu blasen. Beecham gab den Einsatz, aber das Signal blieb aus. Auch der zweite Einsatz blieb ohne Erfolg. Beecham erfuhr später, dass ein übereifriger Hausmeister den Musiker hinter den Kulissen entdeckt und ihm die Trompete mit den Worten entrissen hatte: „Sie können hier doch nicht mitten in einer Opernaufführung Trompete blasen!"

Carl Maria von Weber war bei den Proben zu Oberon mit einem Tenor unzufrieden, versuchte aber, dies freundlich auszudrücken: „Es tut mir aufrichtig leid, dass Sie sich so viel Mühe geben ..." „Es ist mir eine Ehre", erwiderte geschmeichelt der Sänger. „Ich meine", fuhr Weber fort, „dass Sie sich so viel Mühe geben, Töne zu singen, die gar nicht dastehn!"

Giuseppe Verdi ärgerte sich über einen zu spät einsetzenden Musiker. Der Posaunist versuchte sich zu verteidigen: „Entschuldung, aber ich bin völlig überarbeitet". „Woher kommt das denn?", wollte Verdi wissen. „Ich habe eine große Familie und muss hinzuverdienen. Deshalb gebe ich von zwölf bis drei Uhr Privatstunden, danach spiele ich bis sieben Uhr in einem Cafe, abends nach der Oper arbeite ich dann als Kellner und anschließend als Nachtportier in einem Hotel." „Du lieber Gott", rief Verdi erstaunt, „wann schlafen Sie denn?" „In der Probe von neun bis zwölf."

Arturo Toscanini saß bei einem Wohltätigkeitskonzert des berühmten Tenors Enrico Caruso neben einem opernbegeisterten Finanzmann, der sehr zu seinem Ärger alle Melodien mitbrummelte. Toscanini hielt sich deshalb demonstrativ beide Ohren zu. „Was haben Sie denn?“ wollte der Finanzmann wissen. „Ach“, soll Toscanini geseufzt haben, „ich bin wütend, weil dieser Caruso mich ständig darin hindert, Ihnen zuzuhören!“

Der Dirigent meinte bei der Probe zu einem neuen Werk von Richard Strauss, dass eine bestimmte Stelle ihn an Pfitzner erinnere. „Da haben Sie recht“, erwiderte der anwesende Strauss, der nicht viel von Pfitzner hielt, „das ist wirklich eine der schwächsten Stellen!“

Der englische Dirigent Sir Thomas Beecham war zeitlebens ein heftiger Gegner der avantgardistischen Moderne. Er riet den modernen Komponisten gerne, ihre Werke in der Royal Albert Hall aufzuführen, zu deren akustischen Mängeln ein sehr unangenehmes Echo gehört: „Das ist nämlich die einzige Chance für Sie, Ihre Werke zweimal zu hören!“

Igor Strawinsky probte mit den Wiener Philharmonikern eines seiner schwierigen Werke. Eine ganz bestimmte Stelle konnten die Musiker einfach nicht zur Zufriedenheit des Meisters interpretieren. Unnachgiebig klopfte Strawinsky ein ums andere Mal ab, bis der Konzertmeister endlich einwandte: „Es hat keinen Zweck, diese Stelle haben wir in der achten von Mahler auch nie richtig spielen können.“

Richard Strauss soll die an solche Klänge nicht gewöhnten Musiker der Dresdner Staatskapelle bei den Proben zu seiner sinfonische Dichtung Till Eulenspiegels lustige Streiche mit den folgenden Worten ermuntert haben: „Nur Mut, meine Herren, je falscher es klingt, um so richtiger ist es!"

Hans Pfitzner probte seine Oper Das Christ-Elflein. Nach dem Textbuch sang die junge Hauptdarstellerin: „Ich bin ja so dumm!" Pfitzner, der mit ihrer musikalischen Leistung nicht ganz glücklich war, soll zur Bühne hinaufgerufen haben: „Mein Fräulein, bitte nicht so überzeugend!"

Ein Agent in Belfast weigerte sich, Sigismund Thalberg einen Flügel für ein Konzert zur Verfügung zu stellen, da er eine Beschädigung des Instrumentes befürchtete. Ein kleines, altes und abgenutztes Klavier stand auf dem Konzertpodium. Thalberg spielte ein fantastisches Konzert, als er jedoch für eine Zugabe auf die Bühne ging, hörte man ihn murmeln: „Und jetzt Adieu zu dem Klavier." Als er die Bühne verließ, war das Klavier nur noch ein Trümmerhaufen mit gerissenen Saiten und abgerissenen Dämpfern. „Das habe ich erwartet", sagte der Agent, als er den Schaden begutachtete. „Dasselbe wäre auch passiert, wenn ich ihm den besten Flügel der Stadt besorgt hätte."

Ein Dirigent schleppte bei einer Aufführung des Freischütz ganz fürchterlich. Beim Erscheinen des Eremiten ertönte eine ärgerliche Stimme aus dem Publikum: „Der alte Herr müsste um diese Zeit schon längst im Bett sein."

Richard Strauss wohnte den Proben für die Uraufführung seiner Oper Elektra bei. Er sagte zu dem dirigierenden Ernst von Schuch: „Hier hat die Trompete ein f statt einem fis geblasen." „Aber f ist doch richtig!" sagte Schuch erstaunt. Strauss widersprach: „Aber nein, es muss ein fis sein!" Schuch zeigte dem Komponisten die Partitur: „Sehen Sie, hier steht ein f." Strauss gab ihm recht, und brummte, um nur ja das letzte Wort in der Angelegenheit zu haben: „Das ist ganz klar ein Druckfehler. Aber Sie müssen doch hören, dass das eine Sauerei ist!" Schuch entgegnete trocken: „Sicher habe ich gehört, dass das eine Sauerei ist; aber dass es falsch ist, das habe ich nicht gewusst."

Joseph Hellmesberger spielte mit Freunden ein Streichquartett und ärgerte sich darüber, dass der im Publikum sitzende Lustspieldichter Eduard Bauernfeld während des Konzerts ständig mit seinem Nachbarn schwätzte und gelegentlich laut auflachte. In der Pause ging er zu ihm und sagte: „Wie können Sie in meinem Konzert lachen! Ich lache doch auch nicht in Ihren Lustspielen!"

Eine mäßige Sängerin, gegen deren Engagement Max Reger sich ausgesprochen hatte, erwies sich bei der Generalprobe zu einem Konzert als ihrer Aufgabe nicht gewachsen. Beschwichtigend sagte sie zu Reger: „Das Konzert wird besser ausfallen." „Ja", sagte Reger, „lassen wir es besser ausfallen!"

Voller Begeisterung soll Richard Wagner bei einer Probe zu Lohengrin den vollen und warmen Klang der Streicher gelobt haben: „Sie spielen das viel schöner, als ich es komponiert habe!"

Arturo Toscanini hatte für Primadonnen wenig übrig und pflegte sich bei Proben häufig mit ihnen anzulegen. Nachdem er wieder einmal eine Sopranistin abgekanzelt hatte, beschwerte diese sich lautstark: „Denken Sie bitte daran, dass ich ein großer Star bin". Toscanini erwiderte trocken: „Ein Star ist für mich ein Vogel; noch einmal bitte."

Hans Pfitzner dirigierte bei einer Probe die vierte Sinfonie von Ludwig van Beethoven. Trotz intensiver Proben wollte die berühmte Fagottpassage einfach nicht gelingen. Der Dirigent wurde immer nervöser. Zum guten Schluss gelang die Passage doch noch. „Fagott sei Dank!" konnte man vom Dirigentpult erleichtert vernehmen.

Hans Richter

Christoph Willibald Gluck hatte einst bei den Proben zur Iphigenie in Aulis große Mühe mit dem Sänger des Agamemnon, dessen Schauspielkunst Gluck einfach nicht zufriedenstellte. Beruhigend meinte der Sänger: „Warten Sie erst mal ab, bis ich mein Kostüm anhabe und Sie werden mich nicht wiedererkennen.“ Als auf der Generalprobe Agamemnon in vollem Kostüm gerade seine erste Arie begann, kam es vom Dirigentenpult: „Freundchen, dich erkenne ich überall wieder!“

Wie viele Komponisten schrieb auch Wolfgang Amadeus Mozart den für ihn selbst bestimmten Part eines neuen Werkes sehr spät oder auch gar nicht auf. Bei der Uraufführung der Sonate KV 454 für Klavier und Violine, welche der Komponist der Violinvirtuosin Regina Strinasacchi versprochen hatte, spielte er deshalb den Klavierpart auswendig. Der anwesende Kaiser Joseph bemerkte zu seiner Verwunderung, dass Mozart von einem leeren Notenblatt spielte. Einen Trick vermutend, bat der Kaiser den Komponisten nach dem Konzert zu sich und ließ sich die fraglichen Notenblätter zeigen. In der Tat wiesen diese nichts außer Taktstrichen auf.

Händel dirigierte in Dublin unter anderem ein Stück, bei dem der Tenor eine Soloarie mit einer Kadenz ad libitum zu singen hatte. Der Solist irrte eine ganze Weile in verschiedenen Tonarten umher, bis er endlich den Schlusstriller der Kadenz anstimmte. Daraufhin rief Händel laut vom Dirigentpult durch den ganzen Saal: „Willkommen zu Hause, mein Herr!“

Hans von Bülow soll über eine alternde Koloratursängerin, welche die „Rosine“ in Rossinis Oper Der Barbier von Sevilla gesungen hatte, gesagt haben: „Das ist keine Rosine, sondern nur noch eine Backpflaume.“

Christoph Willibald Gluck soll einmal bei einer Opernprobe einen Musiker, welcher vom Bühnengeschehen so gebannt war, dass er darüber das Spielen ganz vergaß, so fest in die Wade gezwickt haben, dass dieser laut aufschrie und vor Schreck sein Instrument fallen ließ.

Hans von Bülow musste eine Probe ständig unterbrechen, weil die Sopranistin zu tief sang. Verärgert rief er ihr zu: „Hätten Sie die Güte, uns einmal Ihr A anzugeben?“

Bei einer Aufführung des Lohengrin legte Richard Wagner im Vorspiel zum dritten Akt den Taktstock einfach auf dem Dirigentenpult ab und lauschte minutenlang dem Orchester. Als stürmischer Beifall ausbrach, soll er gesagt haben: „Es scheint dem Publikum zu gefallen, wenn ich nicht dirigiere.“

Hans Knappertsbusch war für seine Abneigung gegen ausgedehnte Proben bekannt. Gegen seinen Willen probte er auf Wunsch des Konzertmeisters eine besonders schwierige Passage der Violinen, die prompt auch bei der Aufführung danebenging. Da hörte man Knappertsbusch vom Dirigentenpult leise fluchen: „Das kommt alles von dieser verfluchten Proberei!“

Berlioz leitet ein „Concert à mitraille".
Glücklicherweise ist der Saal gut gebaut – er hält stand.
Grandville 1846

Weil Berlioz bei der Aufführung einer Beethoven-Sinfonie bitterlich weinte, sagte ein Nachbar freundlich zu ihm: „Das scheint Sie alles sehr mitzunehmen, mein Herr. Glauben Sie nicht, es wäre besser, einen Moment hinauszugehen?“ „Glauben Sie, ich wäre zum Vergnügen hier?“ anwortete Berlioz erbost.

Arturo Toscanini probte mit einem großen amerikanischen Orchester und dem bekannten Cellisten Gregor Piatigorski. Während der Pause sagte er vorwurfsvoll zu Piatigorski: „Sie sind nicht gut!“ Der Cellist war ob der unerwarteten Anrede zu überrascht, als dass er eine Antwort bereit gehabt hätte. Toscanini runzelte die Stirne und wiederholte mit noch größeren Nachdruck: „Sie sind gar nicht gut.“ Während der große Cellist um seine Fassung kämpfte, hörte er Toscanini schimpfen: „Sie sind nicht gut und ich bin auch nicht gut, aber die dahinten“, und seine Hand wies auf das ahnungslose Orchester – „die taugen zu überhaupt nichts.“

Bei einer Aufführung von Glucks Oper Alceste sang Mademoiselle Levasseur, eine damals wohlbekannte Sängerin, den Vers „Il me dechire et m’arrache le coeur“ mit solcher Inbrunst, dass einer der Zuhörer aufstand und ihr lauthals zujubelte. Sein Nachbar jedoch, der über ihre künstlerische Leistung gänzlich anderer Meinung war, rief der Sängerin zu: „Es ist nicht mein Herz, es sind meine Ohren, die zerreißen.“ Daraufhin erwiderte der erste: „Sie haben aber Glück, gehen Sie schnell und besorgen Sie sich ein paar neue.“

Hans von Bülow leitete eine Probe zu Beethovens Neunter. Trotz aller Ermahnungen unterhielten sich die weiblichen Chormitglieder während der Probe der ersten Sätze dauernd. Bülow riss der Geduldsfaden und in Anspielung auf die berühmten schnatternden Gänse von Rom rief er zu den Choristinnen hinauf: „Meine Damen, darf ich Sie darauf aufmerksam machen, dass das Kapitol bereits gerettet ist?"

Georg Friedrich Händel soll vor der Hauptprobe seines Te deum laudamus zur Utrechter Friedensfeier seine versammelten Musiker ermahnt haben: „Meine Herren! Ein Hundsfott, der heute einen Fehler macht!" Von seiner eigenen Komposition und der Qualität der aufführenden Musiker hingerissen, musste der Komponist aber selber auf einen Einsatz hingewiesen werden, den er schlichtweg vergessen hatte. Beim Zuruf des Konzertmeisters zuckte Händel zusammen und dirigierte zuende. Am Schluss des Stückes jedoch entschuldigte er sich bei seinen Musikern: „Meine Herren! Ich bin der Hundsfott!"

Dem berühmten Pianisten Wilhelm Backhaus, der seine Konzertlaufbahn früh begann und bis ins hohe Alter konzertierte, wird der folgende Ausspruch zum Thema Kritiken zugeschrieben: „Es ist wieder genauso wie am Anfang meiner Karriere. Schon damals schrieben die Zeitungen: Ganz erstaunlich für sein Alter."

Während der Proben für die Uraufführung der Oper Salome von Richard Strauss irritierte eine Putzfrau, die sich zwischen den Sitzen zu schaffen machte, den anwesenden Komponisten derart, dass er schließlich bemerkte: „Was sucht die denn hier die ganze Zeit?“ Darauf erwiderte der Dirigent spöttisch: „Einen Dreiklang!“

Kapitel 6

Vermischtes

Christoph Willibald Gluck spazierte eines Nachts durch die Straßen von Paris. Übermütig summte er eine Melodie vor sich hin, welche ihm gerade eingefallen war und schwenkte dabei seinen Spazierstock. Die Spitze des Stocks landete mit Schwung in einer Fensterscheibe, die zerbrach. Der erboste Hausbesitzer kam im Nachtrock auf die Straße gelaufen und verlangte für die Scheibe auf der Stelle 30 Sous Schadensersatz. Gluck hatte jedoch nur ein wesentlich größeres Geldstück dabei, das er dem Hausbesitzer, sich entschuldigend, reichte. Auf dessen Einwand, er könne leider nicht herausgeben, schlug Gluck mit seinem Spazierstock noch mehrere Scheiben ein und sagte: „Jetzt sind wir quitt!"

Der französische Komponist François Auber, zu diesem Zeitpunkt beinahe 90 Jahre alt, soll bei der Beerdigung eines Freundes gesagt haben: „Ich glaube, das ist das letzte Mal, dass ich so etwas als Amateur miterlebe."

Josef Hellmesberger pflegte seine Zeitung täglich am selben Kiosk zu kaufen. Als er einmal kein Geld dabeihatte, gestattete der Besitzer ihm großzügig, am nächsten Tag zu zahlen. „Wenn ich aber nun heute Nacht einen Schlaganfall habe?", wollte Hellmesberger wissen. „Na ja", erwiderte der Mann, „so groß wäre der Schaden ja dann auch nicht!"

In den 50er Jahren schrieb Strawinsky eine Auftragsarbeit für das Venedig-Festival. Auf die kurze Dauer des Stückes – 15 Minuten – angesprochen, erklärte Strawinsky: „Dann spielen Sie es halt zweimal."

Im Oktober 1947 wurde Richard Strauss in London von einer Reporterin nach seinen nächsten Plänen gefragt. „Na, sterben halt", soll der 83jährige geantwortet haben.

Der Dirigent Josef Hellmesberger soll bei einem Konzert auf einer Tagung der österreichischen Lehrerschaft zur Begrüßung der versammelten Menge das folgende Bonmot verwendet haben: „Ich habe den Saal schon voller gesehen, aber so voller Lehrer noch nie."

Die engsten Freunde hielten Sibelius für übersinnlich begabt. Seine Frau war überzeugt, er könne es fühlen, wenn irgendwo auf dem Erdball eines seiner Werke erklang: „Er sitzt ruhig da und liest ein Buch oder eine Zeitung. Plötzlich wird er unruhig, geht zum Radio, macht es an und dreht an den Knöpfen and dann ertönt eines seiner Stücke."

Dem französischen Dirigent Pierre Monteux unterstellte man auch im hohen Alter große Eitelkeit. Ein zeichnerisch begabter Musiker präsentierte einmal bei einer Probe ein selbstgezeichnetes Porträt des Dirigenten und bat um ein Autogramm. Monteux betrachtete die Zeichnung, fand sich viel zu alt dargestellt und unterzeichnete mit: „Pierre Monteux in zehn Jahren!"

E. Carjat: Hektor Berlioz

Giacomo Puccini reiste mit seinem Verleger Ricordi zur Uraufführung seiner Oper Das Mädchen aus dem goldenen Westen nach Amerika. Auf einem Empfang zu Ehren Puccinis verkündete Ricordi den versammelten Großkopfeten aus Industrie und Wirtschaft: „Verehrte Damen und Herren, wir beide sind nicht zum Feiern nach Amerika gekommen, sondern zum Arbeiten! Vielen Dank und auf Wiedersehen!" Sprach's, nahm den widerstrebenden Puccini beim Arm und verließ mit dem Komponisten den Saal. Puccini flüsterte erregt: „Warum hast du diese mächtigen Leute so vor den Kopf gestoßen?" „Ich musste einfach einmal im Leben etliche Billionen Dollar schockieren."

Rossini, der große Angst vor hohen Geschwindigkeiten hatte, pflegte jeden Kutscher zu fragen: „Sind die Pferde müde?" Wenn der Kutscher entgegnete: „Nein, mein Herr", ließ Rossini ihn weiterfahren. Er bestieg eine Kutsche nur, wenn die Pferde völlig erschöpft waren und weigerte sich sein Leben lang, mit dem Zug zu reisen.

Im Oktober 1896 wollte Brahms das Begräbnis Anton Bruckners besuchen, mit dem ihn jahrelang eine freundliche Rivalität verbunden hatte. Mit den Worten „Was soll's, hier ist bald auch mein Grab" drehte er sich an der Kirchentür wieder um.

Eine berühmte Sängerin bekam als Fünfundsiebzigjährige noch ein Filmangebot. Der Produzent führte aus, in dem Film gebe es nur zwei weibliche Rollen, ein junges Mädchen und eine ältere Dame. Sofort erkundigte sich die Diva: „Und wer spielt die ältere Dame?"

Notengemälde
Grandville

Notengemälde
Grandville

Ein großes Theater suchte noch einige junge Damen für den Chor. Der Direktor betrachtete die Bewerbungsfotos und bestellte daraufhin eine Kandidatin für den nächsten Tag. Als die Dame eintrat, sah er nur kurz von seiner Arbeit auf und meinte: „Sie kommen leider viel zu spät!" „Wieso?", fragte die Bewerberin erstaunt. „Ich bin doch ganz pünktlich." „Sie hätten damals kommen müssen, als das schöne Foto von Ihnen gemacht wurde!"

Jean Baptiste Lully war mit einer Auftragskomposition beschäftigt. Da sein Zimmer gerade renoviert wurde, arbeitete er am Hofe mitten unter den Hofleuten und ließ sich von deren Anwesenheit nicht stören. Plötzlich brach ein Gewitter aus. Blitze zuckten über den Himmel und der Donner grollte. Aufgeregt fingen einige der Hofleute an zu beten und sich bei jedem Blitzschlag zu bekreuzigen. Lully, der mit der Fertigstellung seiner Komposition sehr spät dran war, sah nur einmal kurz von seiner Arbeit auf und bemerkte: „Machen Sie doch bitte auch für mich einige Kreuze mit, denn Sie sehen ja, ich habe alle Hände voll zu tun."

Während seiner Zeit in Amerika sehnte Bartok sich oft nach dem Landleben in Ungarn zurück. Als er eines Tages mit seiner Frau durch Manhattan ging, soll er gesagt haben: „Ich rieche Pferde!" „Mitten auf der 66ten Straße?" „Ja", sagte Bartok, während er sich umsah und dann die Straße überquerte und ein unbezeichnetes Haus betrat. In dem Haus befand sich eine Reitschule. „Was für ein friedlicher Geruch", sagte der Komponist „schlafende Pferde."

Richard Strauss soll angeblich gesagt haben, als er anlässlich seines 80. Geburtstages ein Festkonzert der Wiener Philharmoniker dirigiert hatte: „Kinder, es ist wirklich schade, dass ich euch nicht mit ins Grab nehmen kann. Wir könnten dort so schön weitermusizieren."

Dem französischen Komponisten Claude Debussy wurde nachgesagt, er arbeite sehr langsam und brauche für seine Werke ungewöhnlich viel Zeit. Als die Metropolitan Opera in New York bei ihm eine Oper in Auftrag geben wollte, erkundigte er sich nach dem Zeitrahmen. „In etwa drei Monaten", war die Antwort. „In drei Monaten?" soll Debussy entsetzt ausgerufen haben. „Diese Zeit brauche ich schon, um mich zwischen zwei Akkorden zu entscheiden."

Eine junge Berliner Witwe wollte unbedingt den Flötenvirtuosen Johann Joachim Quantz heiraten. Dieser wollte jedoch Junggeselle bleiben, weshalb die zielstrebige Dame sich einer List bediente. Als Quantz sie das nächste Mal besuchte, spielte sie ihm überzeugend eine ernste Erkrankung vor. Sofort ließ der besorgte Quantz einen Arzt kommen und zuguterletzt wurde sogar ein Priester bestellt. Die Todkranke hauchte ihren letzten Wunsch, mit dem Namen des geliebten Freundes zu sterben. Tieferschüttert willigte Quantz ein, und der bereits anwesende Priester erteilte dem Paar seinen Segen. Danach sprang die kluge Frau kerngesund aus dem Bett, umarmte den Verblüfften und legte ein Geständnis ab.

1. Langnäsige und schmalbrüstige Schüler werden nicht aufgenommen

2. Nach der Assentierung müssen sich die Schüler einer Kraftprobe unterziehen. Einer muß Musik machen, ein anderer sie aushalten

3. Damen werden nur dann akzeptiert, wenn sie sich über eine kräftige Walkürengestalt ausweisen können.

4. Die Tracht der Zöglinge muß dem Geschmack des Meisters vollkommen entsprechen. Alles Atlas.

5. Die Schüler müssen sich täglich in der Gymnastik üben, um später einmal die Wagner-Gegner nieder zukrügeln.

6. Religiöse Exerzitien sind nur gestattet, wenn sie dem Allvater Wotan gelten.

Programm der Wagnerschule in Bayreuth
Th. Zasche im „Floh“, Wien 1877

Anton Bruckner ärgerte sich häufig über seine Wirtschafterin, die seiner Meinung nach die Speisen zu wenig würzte. Einmal brachte sie ihm ein weichgekochtes Ei. Bruckner schlug das Ei auf, kostete skeptisch und klagte: „Ich habe es doch gewusst – schon wieder nicht gesalzen!"

Die folgende Geschichte erzählt man über den als wortkarg bekannten Komponisten Antonin Dvorák: Dvorák fuhr mit einem Freund durch Böhmen. Sie kamen an einigen Seen vorbei, dort wimmelte es von Mücken. Der Freund sagte: „Diese Mückenplage!" Die weiteren Stunden der Reise nach Wien schwiegen beide. In dem Wiener Kaffehaus, in das die Freunde sich anschließend zurückzogen, legte Dvorák auf einmal seine Zeitung beiseite und antwortete auf die viele Stunden zuvor geäußerte Bemerkung: „Das liegt sicher an den vielen Seen."

Gaetano Donizetti soll die Angewohnheit gehabt haben, beim Komponieren einen Gegenstand sehr scharf ins Auge zu fassen, wobei er in Wirklichkeit mit seinen Gedanken ganz woanders weilte. In Paris blieb der berühmte italienische Opernkomponist so einmal einige Zeit vor der Auslage eines Modesalons stehen und schien eines der ausgestellten Stücke genauestens zu mustern. Der Ladenbesitzerin, die ihn nicht erkannt hatte, erschien dieses Verhalten verdächtig. Sie trat auf die Straße hinaus und verlangte zu wissen: „Was suchen Sie hier, mein Herr?" Donizetti fuhr erschrocken aus seinen Gedanken auf und meinte: „Das Finale meiner Regimentstochter."

Ein Freund wollte Johannes Brahms schmeicheln: „Was wird wohl auf der Tafel stehen, die man Ihnen zu Ehren einmal hier anbringen wird?“ fragte er den Komponisten, als beide vor Brahms’ Wohnung in Wien standen. Trocken antwortete Brahms: „Wohnung zu vermieten!“

Unter den vielen Trauergästen bei Beethovens Beerdigung am 29. März 1827 war auch Franz Schubert. Bei einem Umtrunk nach der Zeremonie soll Schubert sein Glas gehoben und gesagt haben: „Auf den, der gerade von uns gegangen ist!“ Beim zweiten Toast sagte er: „Auf den, der als nächster gehen wird!“ Franz Schubert starb am 19. November 1828 im Alter von 31 Jahren.

Ein Freund beklagte sich bei Joseph Haydn über die Beschwerden des Alters. Der Komponist antwortete ihm: „Mein lieber Freund, ich kann Sie gut verstehn, denn mir geht es nicht besser. Aber glauben Sie mir, trotz allem ist das Altwerden immer noch die einzige Möglichkeit, lange zu leben.“

Mozart über sein Einkommen als Nachfolger Glucks in Wien: „Zuviel für das, was ich leiste; zuwenig für das, was ich leisten könnte.“

Der Komponist Oskar Nedbal soll, nachdem er sein erstes größeres Werk von einem Orchester gehört hatte, voller Erstaunen gefragt haben: „Und all die schöne Musik ist wirklich von mir?“ Der Dirigent drehte sich um und erwiderte: „Na ja, nicht alles.“

Eine junge Dame der Gesellschaft besuchte eine Orchesterprobe. Max Reger studierte ein eigenes Werk ein. Eine Fagottpassage musste häufiger geprobt werden. Nach der Probe fragte die Dame Reger: „Sagen Sie, werden diese seltsamen Töne tätsächlich mit dem Munde hervorgebracht?" Reger erwiderte trocken: „Das will ich doch stark hoffen!"

Joseph Haydn war Kapellmeister im Dienst des Hauses Eszterházy, als Fürst Nikolaus das Schloss Eszterházy erbauen ließ. In den folgenden Jahren übersiedelte der komplette Hof des Fürsten für jeweils sechs Monate des Jahres von der fürstlichen Residenz in Eisenstadt nach Eszterházy. Die jungen Musiker der fürstlichen Kapelle folgten selbstverständlich ihrem Fürsten, mussten aber ihre Familien daheim in Eisenstadt zurücklassen. Als Fürst Nikolaus seinen üblichen Aufenthalt einmal um zwei Monate verlängerte, forderten die Musiker von ihrem Kapellmeister, er möge den Fürsten um Sonderurlaub bitten. Um diesen Wunsch diskret zum Ausdruck zu bringen, komponierte der geniale Haydn eine Sinfonie, in deren Verlauf ein Musiker nach dem anderen zu spielen aufhört, sein Instrument packt und das Podium verlässt. Fürst Eszterházy verstand die Anspielung und gestattete seinen Musikern, zu ihren Familien heimzukehren. Diese damals aufgeführte Sinfonie trägt bis heute den Beinamen Abschiedssinfonie.

Der französische Dirigent Pierre Monteux (geboren 1875) unterzeichnete 1955 einen 25-Jahres-Vertrag als Chefdirigent des Londoner Symphony Orchestra – mit dem Zusatz, nach Ablauf des Vertrages Anspruch auf eine Vertragsverlängerung um weitere 25 Jahre zu haben.

Max Reger schickte Freunden ein Foto von sich, welches diese aber schon besaßen. Da beide Abzüge sehr unterschiedlich hell waren, zogen sie zum Scherz beide nebeneinander auf einen Karton auf. Als Reger die beiden ungleichen Bilder sah, zückte er seinen Stift und schrieb darunter: „Max Reger vor und nach dem Bad!"

Wolfgang Amadeus Mozart flucht in einem Brief an seine Base folgendermaßen: „Potz Himmerl tausend Sakristey, Croaten, schwere Noth, Teufel, Hexen, Truden, Kreuz-Battalion und kein End. Potz Element, Luft, Wasser, Erd und Feuer, Europa, asia und africa und Amerika, jesuiter, Augustiner, Benedictiner, Capuziner, minoriten, Franziskaner, Dominikaner, Charteuser und Heil; Kreuzer Herr, Canonici Regulares und irregula res, und Bärnhäuter, Spitzbuben, Hundfütter, Cuionen und Schwänz übereinander, Eseln, büffeln, Ochsen Narren, Dalken und fuxen, was ist das für eine Manier, 4 Soldaten und 3 Bandalier?"

Auf der halbdunklen Treppe eines Hotels stieß Hans von Bülow mit einem Herrn zusammen, der zornig „Esel" sagte. Bülow verneigte sich höflich und sagte „von Bülow".

Wolfgang Amadeus Mozart ärgert sich in einem Brief an seinen Vater darüber, dass er dauernd Uhren geschenkt bekommt: „Nun habe ich 5 Uhren. Ich habe auch kräftig im Sinn mir an jeder Hose noch ein Uhrtäschl machen zu lassen und wenn ich zu großen Herren komme, beide Uhren zu tragen (wie es ohnehin jetzt Mode ist) damit nur keinem mehr einfällt, mir eine Uhr zu schenken."

Moloch: Die neue Belagerung von Paris im Jahre 1891

Der Inhaber eines Lebensmittelgeschäfts sagte angeblich am Vorabend einer Opernpremiere höhnisch zu Paul Hindemith: „Herr Hindemith, morgen haben Sie ja große Premiere. Wissen Sie, wo ich für diesen Anlass faule Eier bekommen kann?“ Hindemith wird folgende Retour zugeschrieben: „Aber sicher. Gehen Sie in Ihr Geschäft und verlangen Sie frische!“

Franz Lehar wurde als Sachverständiger gebeten, den Plagiatsstreit zweier Operettenkomponisten zu schlichten. Nach Prüfung der in Frage kommenden Werke lautete sein Verdikt: „Der Geschädigte ist keiner von beiden, sondern Jacques Offenbach.“

Der Komponist Hanns Eisler wohnte einer stundenlangen Diskussion über den sozialistischen Realismus in der Musik bei. Als ihm die ideologischen Spitzfindigkeiten zu bunt wurden, fragte er die versammelten Kollegen: „Sehr interessant, was Sie da erzählen. Aber wer kann mir sagen, woran man eine sozialistische Flötensonate erkennt?“

Ein Klavierabend Carl Maria von Webers in einem kleinen Städtchen war sehr schlecht besucht. Ein Buchhändler aus dem Städtchen tröstete den enttäuschten Weber: „Ärgern Sie sich nicht zu sehr über das geringe Interesse. Ich kenne diese Stadt ganz genau. Als ich vor zwanzig Jahren hier eintraf, haben die Leute noch gebellt!“

Als Donizetti gefragt wurde, welche seiner Opern ihm persönlich am besten gefalle, entgegnete er: „Wie kann ich das sagen? Ein Vater hat immer eine besondere Vorliebe für ein verkrüppeltes Kind und ich habe deren so viele."

„Bevor ich meinen Bart hatte", soll Johannes Brahms gesagt haben, „sah ich wie Clara Schumanns Sohn aus, und mit dem Bart sehe ich aus wie ihr Vater."

Händels Aufführungen seiner Opern und Oratorien in London standen unter keinem guten Stern. Da er sie selber finanzierte, versuchten seine Freunde häufig, ihm Mut zuzusprechen, wenn das Haus wieder einmal fast leer war. Händel selbst reagierte gelassen und pflegte zu sagen: „Das macht nichts, in einem leeren Haus klingt die Musik sowieso besser."

Als Aaron Copland 1943 in Hollywood Musik für einen Film von Sam Goldwyn schrieb, beklagte er sich bei Groucho Marx: „Ich glaube, ich habe eine geteilte Persönlichkeit." „Das geht in Ordnung, solange Sie diese mit Herrn Goldwyn teilen", entgegnete Marx.

Von dem berühmten Pianisten Artur Rubinstein wird berichtet, er habe in einem großen Fachgeschäft sämtliche Rasierapparate probeweise eingeschaltet, konzentriert den verschiedenen Geräuschen gelauscht und schließlich verkündet: „Den hier nehme ich, dessen Summen geht mir am wenigsten auf die Nerven."

Auf seiner zweiten Reise nach London wurde Joseph Haydn von seinem treuen Diener Elßler begleitet. Beim Zoll fragten die Beamten nach dem Beruf der beiden. Haydn sagte: „Ich bin ein Tonkünstler!“ „Tonkünstler?“, fragte ein Zöllner den anderen. Dieser entgenete: „Sei doch nicht dumm, das ist ein Hafner.“ „Genau“, lachte Haydn und zeigte auf Elßler, „und das hier ist mein Geselle!“

Josef Hellmesberger und ein Kollege waren auf dem Weg zu einem Schüler des berühmten Dirigenten. Mit den Worten: „Warte hier fünf Minuten, ich muss nur schnell eine Stunde geben“, verabschiedete sich Hellmesberger.

Hanns Eisler begleitete in den zwanziger Jahren den berühmten Physiker Albert Einstein, der auch ein begeisterter Geigendilletant war, am Klavier. Einstein hatte Probleme mit der Rhythmik des Stückes, so dass Eisler schließlich spottete: „Sie werden doch sicherlich bis drei zählen können!“ Gerne behauptete Eisler später im Scherz, er sei einer von Albert Einsteins Mathematiklehrern gewesen.

Enrico Caruso ließ in seinem Haus einige Renovierungsarbeiten ausführen. Während die Maurer arbeiteten, übte er im zweiten Stock. Eines Tages klopfte der Polier an Carusos Türe und fragte: „Sie wollen doch bestimmt, dass wir unsere Arbeit hier schnell beenden?“ „Aber natürlich!“, erwiderte der berühmte Tenor. „Dann singen Sie bitte nicht mehr. Immer wenn Sie zu singen anfangen, lassen die Maurer die Arbeit liegen und keine Macht der Welt könnte sie zum Arbeiten bewegen, solange Ihre Stimme zu hören ist.“

* Hafnerware: altertümlicher Ausdruck für einfache Steingut und Tonware; Hafner = Töpfer, „Tonkünstler“

Offenbach: „Na, was beweist das, daß Sie mich aufwiegen, Herr von Strauß? Umsomehr bleibe gerade ich der einzige Repräsentant der leichten Muse."
Wiener Karikatur

Eine Sängerin, deren Aussehen vor allem auf die Produkte der Kosmetik zurückzuführen war, klagte Hans von Bülow ihr Leid: „Ich habe ständig Ärger mit dem Direktor. Beim nächsten Streit werde ich ihm ungeschminkt die Wahrheit sagen!" „Ungeschminkt?", entgegnete von Bülow verschmitzt. „Du lieber Gott, da wird der Herr Direktor einen fürchterlichen Schreck bekommen!"

Christoph Willibald Gluck soll auf die Frage nach den höchsten irdischen Gütern geantwortet haben: „Geld, Wein, und Ruhm." „Sie setzen Geld und Wein vor den Ruhm?", wurde erstaunt gefragt. Gluck führte lächelnd aus: „Aber natürlich, mit Geld kaufe ich den Wein. Der Wein beflügelt meinen Genius, und der verhilft mir zum Ruhm. Also sind Geld und Wein wichtiger als der Ruhm."

Ludwig van Beethoven war ein Anhänger der Bestrebungen, die musikalischen Benennungen zu verdeutschen. Das Klavier hieß „Hammerklangwerk", der Komponist „Obertonmeister", die Sinfonie „Zusammenklangwerk", aus musikalisch wurde „tonkünstlich" und aus Arie „Lustgesang". „Leider bezweifle ich stark", meinte er einmal zu einem Freund, „ob ‚Schmettermessing' für Trompete sich wirklich durchsetzen wird."

Es gab eine unfehlbare Methode, Chopin vom Piano zu vertreiben, nämlich ihn zu bitten, den berühmten „Trauermarsch" zu spielen. Er weigerte sich niemals, aber unmittelbar nachdem er gespielt hatte, nahm er seinen Hut und ging.

Von Vivaldi wird berichtet, ihm sei eines Tages, als er gerade die Messe las, eine Idee für eine neue Komposition gekommen. Er ließ seine versammelte Gemeinde mitten im Satz stehen und eilte in die Sakristei, um seine Idee aufzuschreiben. Erst als das getan war, kehrte er zurück und las die Messe zuende. Für dieses Verhalten musste er sich vor der Inquisition verantworten; aber sein Fehler wurde als das Werk göttlichen Genius' angesehen und er blieb straffrei. Er durfte jedoch niemals wieder die Messe lesen.

Eines der Hauptmotive im zweiten Akt der Walküre entspricht Ton für Ton dem Hauptmotiv des ersten Satzes der Faust-Sinfonie von Franz Liszt. Als dieser ihm einmal eine Transkription dieser Sinfonie auf dem Klavier vorspielte, trat Wagner zu ihm an den Flügel und bemerkte im Scherz: „Das hab ich dir ja gestohlen!" Liszt entgegnete: „Das stört mich nicht, so hört's doch wenigstens jemand!"

Igor Strawinsky zum Papst auf die Frage, was die katholische Kirche für die Musik tun könne: „Geben Sie uns die Kastraten wieder!"

Joseph Haydn wünschte sich von seinem Schüler Ludwig van Beethoven, er solle sich auf dem Titelblatt seines Op. 1 – der drei Klaviertrios – als Haydns Schüler bezeichnen. Beethoven, der immer gesagt hatte, er habe von Haydn nichts gelernt, missfiel dieser Gedanke. Er war in Verlegenheit. Das erste Werk Haydn zu widmen, erschien ihm genauso unmöglich, wie dem Wunsch nicht zu entsprechen. Er fand die folgende elegante Lösung: Die Trios sind Joseph Haydn gewidmet, tragen allerdings die Opuszahl 2.

Der exzentrische Dirigent Sir Thomas Beecham ging einmal mittags in der Londoner City spazieren. Da es sehr heiß geworden war, wurde ihm sein Mantel lästig. Er winkte deshalb ein Taxi heran, übergab dem verblüfften Fahrer seinen Mantel und beauftragte ihn, ihm nachzufahren. Unbeirrt setzte er daraufhin seinen Mittagsspaziergang fort.

Gustav Mahler in einem Brief über seine Eltern: „Mein Vater ... heiratete meine Mutter ... die ihn nicht liebte, vor der Hochzeit kaum kannte und lieber einen anderen geheiratet hätte. Aber ihre Eltern und mein Vater zwangen sie zu dieser Heirat. Mein Vater und meine Mutter passten zusammen wie Feuer und Wasser. Trotzdem gäbe es ohne diese Ehe weder mich noch meine 3. Sinfonie. Ich finde das bemerkenswert."

Dem sterbenden John Field wurde gegen seinen Willen ein englischer Priester zur letzten Ölung geschickt. „Sind Sie ein Protestant?", fragte der Pastor. „Nein", entgegnete Field. „Vielleicht ein Katholik?" „Nein." „Dann müssen Sie Kalvinist sein?", beharrte der Priester. „Nicht ganz", entgegnete der sterbende Field. „Ich bin Clavecinist."

Beethovens Bruder Johann erwarb in späteren Jahren ein kleines Landgut. Um Beethoven zu ärgern, unterschrieb er künftig seine Korrespondenz mit „Johann von Beethoven, Gutsbesitzer." Bis eines Tages eine Antwort mit folgender Unterschrift eintraf: „Ludwig van Beethoven, Hirnbesitzer".

Igor Strawinsky wollte die Stücke für ein Konzert mit den New Yorker Philharmonikern mit dem Geschäftsführer des Orchesters festlegen. Er machte einige Vorschläge, woraufhin ihn der Geschäftsführer unterbrach: „Diese Details würde ich gerne Ihnen überlassen. Sie verstehen mehr davon; ich aber bin kein großer Künstler, sondern nur ein kleiner Geschäftsmann." Strawinsky erwiderte: „Sie haben recht, ich verstehe wirklich mehr davon. Denn ich bin nur ein großer Künstler, aber ein noch größerer Geschäftsmann!"

Georges Sand besaß einen Schoßhund, der die Angewohnheit hatte, wie wild seinem eigenen Schwanz nachzujagen. Als er eines Abend wieder auf diese Weise beschäftigt war, sagte sie zu Chopin: „Wenn ich dein Talent hätte, würde ich ein Klavierstück für diesen Hund komponieren." Chopin setzte sich sofort ans Klavier und improvisierte den bezaubernden Walzer in Des-Dur (Op. 64), der seitdem den Spitznamen „Kleiner Hundewalzer" trägt.

Johannes Brahms rauchte neben seinen weltbekannten Zigarren auch Zigaretten. Er trug immer mehrere Sorten bei sich, darunter gute, teure Zigaretten, aber auch billigere, die damals in Österreich den Namen Sport trugen. Als er einmal einen jungen Musiker, dessen Spiel ihn begeistert hatte, erfreuen wollte, bot er ihm eine seiner guten ägyptischen Zigaretten an. Der Musiker bedankte sich und steckte sodann die Zigarette mit den Worten ein: „Die soll mich immer an Sie erinnern. Eine Zigarette vom großen Johannes Brahms bekommt man schließlich nicht jeden Tag." – „Dann geben Sie sie wieder her", forderte Brahms ihn auf. „Zur Erinnerung reicht eine Sport!"

Nach einem ernsten Schlaganfall lag Christoph Willibald Gluck im Bett. Seine Freunde, die ihn ablenken wollten, begannen eine Diskussion über eines seiner Trios, in dem der Heiland singt, und den Ton, in dem dieser Part am besten gesungen würde. „Meine Freunde", sagte Gluck, „wenn Ihr euch nicht entscheiden könnt, wie der Erlöser singen soll, werde ich ihn persönlich um Rat fragen." Gluck starb wenige Tage später, am 15. November 1787.

Von Brahms wird berichtet, er habe sich nach einem besonders zankreichen Abend mit den Worten verabschiedet: „Sollte ich irgendjemand aus Versehen nicht beleidigt haben, bitte ich um Entschuldigung."

Über den Tenor Leo Slezak wird erzählt, er habe einst mit seiner Familie einen Urlaub an der See verbringen wollen. Kurz bevor der Zug den Bahnhof verließ, zählte er noch einmal die Gepäckstücke und sagte dann zu seiner Frau: „Wir haben vergessen, den Schreibtisch mitzunehmen!" Fragend erwiderte sie seinen Blick. „Weißt du", fuhr er fort, „dort habe ich nämlich die Fahrkarten liegenlassen."

Das folgende musikalische Glaubenbekenntnis stammt angeblich von Hans von Bülow: Mein musikalisches Glaubensbekenntnis steht in Es-Dur, mit drei B in der Vorzeichnung: Bach, Beethoven und Brahms!

Karikatur auf Richard Wagners Kampf gegen die Vivisektion
Aus dem „Schalk" 1879

Nach einem erfolgreichen Konzert wurde der berühmte Pianist Eugen d'Albert von einem für seine Geizigkeit bekannten Fürsten gefragt: „Was ist Ihnen lieber, das Großkreuz meines Hausordens oder tausend Mark?“ D'Albert fragte listig nach den Kosten für die Herstellung des Großkreuzes und als er die Anwort „Ungefähr hundertfünfzig Mark“, erhielt, wünschte er sich: „Dann möchte ich Sie bitten, mir das Großkreuz zu verleihen und den Restbetrag auszahlen zu lassen.“

Von Bach wird berichtet, er habe volle Harmonien so geliebt, dass er nicht nur die Pedale (wenn vorhanden) häufig benutzte, sondern im Notfall auch weitere Tasten mit einem Stift, den er im Mund hielt, drückte.

Man sagt, Gustav Mahler habe als Kind auf die Frage, was er werden wolle, geantwortet: „Ein Märtyrer.“

Nach seinem Tode pflegte Mozarts Friseur gerne zu erzählen, wie schwierig es war, ihn zu frisieren oder zu rasieren, weil Mozart ständig mittendrin aufstand, um eine neue Idee am Klavier auszuprobieren.

Johannes Brahms soll einmal gesagt haben: „Orden sind mir egal – aber haben will ich sie!“

Der Dirigent Felix Mottl soll um die Jahrhundertwende den Orchestermusikern der Münchner Hofoper betrübt folgende Geschichte erzählt haben: Die junge Generation hat für die Musik unserer Väter überhaupt kein Verständnis mehr. Neulich spielte ich auf dem Klavier Werke von Johann Sebastian Bach. Da kam plötzlich mein halbwüchsiger Sohn ins Zimmer und fragte, ob das Musik von Bach sei. Ich war überglücklich und fragte nach, wie der Junge das so richtig erkannt habe. Darauf meinte mein Sohn: „Ganz einfach – weil's so langweilig ist."

Dr. Charles Burney hatte einige merkwürdige Angewohnheiten: zum Beispiel konnte er keine frische Luft ertragen. „Schließen Sie bitte die Tür!" war der erste Satz, den Besucher für gewöhnlich zu hören bekamen. Als er eines Abends nach Hause zurückkehrte, fand er seine Wohnung aufgebrochen mit im Wind flatternden Vorhängen vor, während die Einbrecher sich gerade aus dem Staub machten. Im Befehlston brüllte er ihnen hinterher: „Türe schließen!" Seine gewaltige Stimme hatte den gewünschten Effekt: Die Diebe gehorchten unverzüglich.

Joseph Haydn wurde einmal wegen einer Auskunft amtlich vorgeladen. Der Beamte nahm Haydn überhaupt nicht wahr und bot ihm auch keinen Platz an. Ruhig holte Haydn sich selbst einen Stuhl aus der Amtsstube, setzte sich und sagte zu dem Beamten: „Sie entschuldigen bitte, aber wenn ich stehe, dann nur im Konversationslexikon."

Johannes Brahms war bekannt dafür, dass er aus dem geringsten Anlass in nicht endenwollende Schmähungen und Schimpftiraden ausbrechen konnte. Eines Tages regte er sich im Freundeskreis wieder einmal fürchterlich auf. Da erhob sich einer der anderen Gäste, nahm sein Glas und brachte den folgenden Trinkspruch aus: „Auf Johannes Brahms, den größten Schimpfoniker unserer Zeit!"

Der Komponist Hanns Eisler war ein großer Verehrer der Musik von Johann Sebastian Bach. Vor allem das Wohltemperierte Klavier hatte es ihm angetan. Er pflegte häufig daraus zu studieren und soll gesagt haben: „Man kann aus dem Wohltemperierten Klavier nicht nur viel lernen, sondern es ist auch ein sehr gutes Mittel gegen Größenwahn."

Eine Autogrammsammlerin bat den berühmten Dirigenten X nicht um eines, sondern um zwei Autogramme. Der Meister erfüllte ihren Wunsch, wollte aber doch gerne wissen, warum sie direkt zwei Autogramme benötige. Daraufhin erklärte die Dame: „Für zwei von Ihnen bekomme ich eines Ihres Kollegen Y!"

Wolfgang Amadeus Mozart schrieb über einen Musizierabend bei Freunden: „Sie waren allseits so zufrieden, dass ich die Frauenzimmer küssen musste: bey der Tochter kam es mich gar nicht hart an, denn sie ist gar kein Hund!"

Anton Bruckner bekam nach einer Krankheit ein tägliches Bad verschrieben. Da er es hasste, Zeit zu verschwenden, pflegte er Notenpapier und Stift mit ins Bad zu nehmen und beim Bade zu komponieren. Als er eines Tage wieder badend in seine Arbeit versunken war, kam die Mutter eines seiner Schüler ihn besuchen. „Kommen Sie herein!“, rief Bruckner, der seine Umgebung völlig vergessen hatte. Groß war die Überraschung der Frau, als der Komponist sich aus seinem Bade erhob und wassertropfend und nackt wie Gott ihn schuf auf sie zukam, um sie zu begrüßen. Erst ihr entsetzter Schrei und ihre plötzliche Flucht holten einen beschämten Bruckner zurück in die Wirklichkeit.

Jacques Offenbach zog sich zum Arbeiten nicht in Stille und Einsamkeit zurück, sondern hatte seine besten Einfälle, wenn ihn lebhafter Trubel umgab. Während seine Kinder lärmten, Freunde sich laut unterhielten, Gäste kamen und gingen, saß er inmitten des Geschehens und komponierte. Trat jedoch einmal rücksichtsvolle Stille ein, dann sah Offenbach irritiert auf und rief: „Was ist denn los? Ich kann doch nicht arbeiten, wenn alles schweigt!“

Enrico Caruso erlebte das große Erdbeben und die Feuerkatastrophe von San Francisco im Jahre 1906 mit und schwor daraufhin, er werde „niemals in eine Stadt zurückkehren, in der so etwas möglich“ sei.

Der folgende Ausspruch wird dem finnischen Komponisten Jean Sibelius zugeschrieben: „Wenn ich über Musik reden will, spreche ich mit Bankdirektoren. Künstler reden nur von Geld!“

Arnold Schönberg soll einst zu seiner Kompositionsklasse gesagt haben, sie sollten Gustav Mahler beim Knüpfen der Krawatte zuschauen, dabei könnte man mehr über Kontrapunkt lernen als am Konservatorium in drei Jahren.

Der exzentrische Satie liebte es, Geschichten wie die folgende zu erzählen: „Eines Tages hatte ich einen Topf mit Wasser auf dem Herd stehen. Als das Wasser gerade zu kochen begann, klingelte es an der Tür. Als ich nach etwa zehn Minuten wieder in die Küche kam, war der Topf leer. Ich hatte die Tür abgeschlossen, das Fenster war zu und der Raum war leer bis auf die Katze. Offensichtlich hatte also die Katze das Wasser getrunken."

T. Maurisset: Der Mann mit dem hohen C

Ein Amateur, der gerade am Harpsichord improvisierte, als Bach den überfüllten Raum betrat, sprang auf und erzeugte dabei eine fürchterliche Dissonanz. Bach lief geradewegs an seinem Gastgeber vorbei zum Harpsichord, löste die Dissonanz auf und spielte eine passende Kadenz. Erst danach hatte er Zeit für seinen Gastgeber.

Nach einem Bootsausflug mit Henriette Voigt, bei dem beide den ganzen Nachmittag geschwiegen hatten, soll Robert Schumann zum Abschied bemerkt haben: „Heute haben wir uns besonders gut verstanden."

Bei Beethovens Begräbnis soll ein vorbeigehender Fremder gefragt haben: „Wessen Begräbnis ist dies?" „Ja wissen Sie denn nicht", war die Antwort, „dass der General der Musiker gestorben ist?"

Auf der Suche nach frischen Socken fand Franz Schubert eines Morgens in seinem Kleiderschrank nur solche mit Löchern. Sein verärgerter Kommentar: „Anscheinend werden heute keine ganzen Socken mehr gestrickt!"

Gioacchino Rossini: „Das Vorspiel zur Diebischen Elster habe ich am Tage der Uraufführung unter dem Dach der Scala geschrieben, wo mich der Direktor gefangengesetzt hatte. Ich wurde von vier Maschinisten bewacht, die die Anweisung hatten, meinen Originaltext Blatt für Blatt den Kopisten aus dem Fenster zuzuwerfen, die ihn unten zur Abschrift erwarteten. Falls das Notenpapier ausbleiben sollte, hatten sie die Anweisung, mich aus dem Fenster zu werfen."

Der Buchstabe X, gebildet aus Psalterionspieler, Blaterpfeifer, Hornbläser und Glockenspieler
Kupfer von Meister E.S., 1466

Was ist eigentlich klassische Musik

Ernste und nicht ganz so ernste Fragen zum Thema klassische Musik verständlich beantwortet.
Wann klatscht man im Konzert? Was ist atonale Musik? Hat der Generalbass etwas mit dem Militär zu tun, oder wie wird die Nagelgeige gespielt?
Hier finden Sie die Antwort. Interessante Schmökergeschichten für Liebhaber klassischer Musik, denen ein Lexikon zu langweilig ist ...

Die Autoren

Jeromy Bessler und Norbert Opgenoorth haben diese Auswahl zusammengestellt.
Sie haben sich nach dem Studium der Musikwissenschaft dem Sach- bzw. Lehrbuch und der Belletristik zugewandt.
Zusammen haben sie eine Reihe von Büchern mit einer Gesamtauflage von über 1,5 Millionen verkauften Exemplaren verfasst und sich damit im Bereich der musikalischen Anfängerliteratur einen Namen gemacht.
Außerdem arbeiten sie als Lektoren und haben in den letzten 20 Jahren Hunderte von Büchern auf ihrem Weg begleitet.

8111185R00097

Printed in Germany
by Amazon Distribution
GmbH, Leipzig